Double Exposition

Un Polar lyonnais de
Paul F. Husson

nouvelle édition révisée

Merci d'avoir choisi cette histoire.

Si vous avez acheté ce livre sur Amazon,
il est très important pour la visibilité de ce roman
de laisser un commentaire après votre lecture.

Amicalement,

Paul F. Husson

ISBN : 9782322412648

www.paulfrancoishusson.fr

Conception de la couverture
POP MACHINE - LYON

1

Tourette bifurqua, emporté par la pente d'une ruelle. Il marcha jusqu'au parapet. Son parapet, son banc, où il avait coutume de casse-croûter. Surplombant Lyon, il fit un lent tour d'horizon. Sa vie de flic l'avait mené partout. Où qu'il posât les yeux, une affaire lui revenait. Des visages, des bagarres, des descentes où on avait envie de se faire dessus avant d'enfoncer les portes.

La bonne soixantaine et toutes ses annuités. Il se sentait encore jeune, disponible, vaillant, mais la cloche avait retenti. L'administration le poussait dans la cour de récréation, l'ennui, l'oubli.

Avant d'affronter sa dernière journée d'homme actif, il décida d'aller s'en jeter un au Grand-Zinc. Une heure plus tard, renâclant, l'estomac retourné par la rancœur, il surprit dans le miroir sa mine vaguement inquiète entre deux bouteilles d'apéro. Au-delà de l'expression figée de son pauvre visage, le feu du regard était bien là : furibond, exacerbé, redoutable, comme chaque fois qu'une crise s'emparait de lui.

– Reluquez-moi ce crapoussin !... Et quoi ? T'arrêtes de me fixer avec des yeux de merlan frit ? Andouille remplie de paille !… T'es plus bon à rien mon vieux Tourette. Ton passé de poulet endurci t'as plus qu'à te l'enfoncer dans l'fion en serrant les crocs. Parfaitement ! Dans le fessier bonhomme. Sodomite médiéval !... M'ont foutu à la retraite… À tous les coups ils vont m'offrir une saloperie de canne à pêche.

Il s'interrompit, les yeux mouillés de sueur, la bouche entrebâillée, laissant voir ses dents jaunies par les clopes, du temps où on pouvait clopper avec les collègues, à ce même comptoir, juste face le commissariat de la Croix-Rousse. Le grondement du boulevard, au-delà de la terrasse désormais réservée aux fumeurs parqués comme des renégats, combla le silence du vieux commissaire. Puis ses épaules soubresautèrent l'une après l'autrc. Il flanqua un coup de genou involontaire au tabouret.

– Chienne de putain de merdasse de crèverie de vie ! Je vous emmerde tous autant que vous êtes ! Surtout toi pisseur de spiritueux de mes deux !

C'est à peine si les habitués réagissaient, plongés sur leur demi ou la lecture des résultats sportifs. Au timbre éraillé de Tourette, ils savaient d'expérience qu'il ne s'exciterait pas longtemps. Droit dans ses souliers, son complet veston désuet mais impeccable, ses mains fines cramponnées au comptoir, ce dernier crispa les mâchoires. Il luttait contre une nouvelle salve tirée par ses neurones en fusion. Puis, d'un coup de menton désignant sa coupe vide, il saisit au vol le regard désabusé du patron.

– La même chose commissaire ?

– Pour qui tu te prends ? Tu crois tenir le bar du Ritz ?

Sans s'offusquer le moins du monde, René le toisa d'un air placide, avant de ressortir le champagne du frigo. Il lança à la cantonade :

– Allez c'est Tourette qui régale !

– Nom d'un suceur de moines t'as raison tavernier ! La retraite m'évoque la campagne de Russie. Mais quoi, paraît qu'on la prend qu'une fois dans sa vie ! Si ça se trouve t'es pas prêt de me revoir.

– Ça serait bien dommage commissaire. Sans toi y aurait plus que ma femme pour me traiter de larbin.

– Allez rappliquez bande de gueux ! hurla le vieil irascible aux habitués éparpillés dans la salle.

Mais subitement, alors que ce bon patron sortait des verres propres, le commissaire tourna les talons aussi sec.

– Vous me faites chier tous autant que vous êtes ! Salut la compagnie !

Sidérés comme souvent, ils le suivirent des yeux, vitupérant, agitant les bras dans la circulation.

– Il en tient une bonne aujourd'hui, dit René en servant à la ronde. Allez les gars, on n'a jamais eu besoin de lui pour trinquer entre nous, c'est pour la maison.

Sirotant leurs bulles en silence, les clients du Grand-Zinc regardèrent la silhouette dégingandée qui marchait droit sur le commissariat, la tête basse.

– Tu crois qu'ils lui ont préparé une surprise ?

– J'espère pour lui. Ça le fera redescendre.

– Ou pas.

Je m'souviens les premières années, je te parle de ça, je venais de reprendre l'établissement alors tu vois. J'arrivais pas à m'y faire. La première fois qu'il m'a arrosé d'injures, j'étais à deux doigts de lui mettre mon poing dans la gueule. Il était encore inspecteur. C'est son binôme qui m'a rencardé sur son toc. C'est pour ça que tout le monde l'appelle Tourette.

– Toc-toc… ?

– Non… Syndrome de Tourette.

– Ça se soigne pas ?

– Des calmants, mais ça l'assomme. Dans son job faut mouliner du ciboulot… Allez… À Tourette !

– Et c'est quoi son vrai nom ?

Le patron allongea sa bouche en haussant les sourcils, indécis, comme s'il ne s'était jamais posé la question.

***

Trois ans plus tard, le patron du Grand-Zinc allongeait toujours autant sa bouche en haussant les sourcils lorsqu'il ne savait pas.

Tourette, renfrogné, le considéra avec déception.

– Et on dit que c'est moi qui a le cerveau en brioche…

– Attends, ça y est, oui ça me revient, c'était le jour de ton départ en retraite, même que t'es repassé après avec la canne à pêche et tout l'attirail qu'ils t'avaient offert. Tu voulais payer pour la tournée, mais j'ai pas voulu, et on s'est engueulés. Enfin c'est surtout toi qui as gueulé commissaire.

– M'appelle pas comme ça tu sais bien. Je sers plus à rien.

– On sert toujours à quelque chose, ou quelqu'un…

Les deux hommes semblaient n'avoir jamais bougé de là. Le cheveu plus blanc, plus court. Le corps moins léger. Même place au zinc, mêmes bouteilles alignées, mêmes habitués, à peu de choses près. En terrasse, les vapoteurs avaient remplacé les fumeurs.

Il repassa, le plateau posé sur ses doigts en rosace.

– Et à la pêche, tu y as toujours pas été ?

– La canne traîne au fond de mon coffre figure-toi. Elle est prête à l'emploi, un collègue me l'a équipée, le moulinet, les plombs, tout… Mais… pourquoi j'irais emmerder les poissons ?

– C'est le gros gibier qui t'intéresse.

– Tu parles. Jamais rien ramené d'autre que du menu fretin. Tu sais Tavernier, les crimes sont mesquins, laborieux. À force de côtoyer ces minables, on finit par avoir l'impression de faire partie de leur famille.

– T’as bien quand même un trophée dont tu sois fier.

– Non.

– Va à la pêche.

Tourette haussa les épaules, puis crispé soudain sur une jambe, tandis que l’autre tremblotait, à demi pliée, il ferma les yeux.

– De l’orage dans l’air ?

– Tranquillise-toi barman, avec l’âge érections et éructations s’assagissent.

– Tu prends tes pilules ?

– Même pas.

Il désigna de l’index l’affichette bleue d’une brocante.

– Tu crois qu’il y a de la came pour moi ?

– Au bout du boulevard. J’y suis passé ce matin quand ils déballaient. La drouille habituelle. Toujours les mêmes tronches de recycleurs. Moi je préfère le neuf. Boire, manger, habiter, entouré de vieux trucs, dormir dans les draps des morts !

– Je collectionne. C’est pas pareil.

Il fixa de nouveau l’affichette, attiré par sa belle couleur bleue.

– Je vais quand même y faire un tour.

– Allez va, retraité. Va, c’est pour moi.

– Encore ?

– Comme ça tu reviens. Je me fais moins chier.

***

À l'approche du boulevard, Tourette sentit frémir en lui le désir de la découverte. Avant la retraite, chiner lui était étranger. Alors comme son nom l'indiquait, il avait l'impression de partir un peu à l'autre bout du monde, sans avoir besoin d'aller loin. Avoir la vie devant soi en fin de compte.

Les premières bâches, sales mais colorées, apparurent. Une foule compacte de Lyonnais désœuvrés du dimanche avançait à petits pas entre les étals alignés sur le trottoir. Toutes les brocantes se ressemblaient. Avec l'habitude de scanner tous les visages qu'il croisait, il y reconnaissait souvent les mêmes vendeurs. On les entendait se balancer les mêmes blagues vaseuses à voix haute pour donner de l'ambiance, et se rassurer, car en vérité, fallait vendre aux gogos, et aux autres, les passionnés, les méfiants, ou les collectionneurs, comme lui.

Bizarrement, il avait jeté son dévolu par hasard sur tout ce qui concernait la photographie. À force de s'emmerder ferme, il était descendu se balader sur une brocante en bas de chez lui. Les objets eux-mêmes ne l'intéressaient pas, et puis les yeux se fatiguaient rapidement à parcourir à l'infini les étals chaotiques. L'observation des promeneurs concentrés l'amusait. Des poules sans faim cherchant un ver à tout prix. Et puis un matin, reconnaissant le Leica de son père, il s'était fait embobiner sans même discuter le prix. D'une chose à l'autre, sans aucune raison particulière, il traquait depuis les vieux appareils, agrandisseurs, anciennes plaques photographiques. Parfois même des lots de photos de famille qu'il triait de temps en temps, scrutant les portraits, imaginant les vies sous leurs expressions figées. Jamais il ne s'était demandé ce qui l'attirait à ce point, le fascinait. Dénicher, acheter, accumuler, s'occuper ? Ou simplement faire partie d'un petit univers, avec ses codes, son vocabulaire, sa technique, comme n'importe quel milieu.

Ce jour-là, balloté par la foule, il china une trouvaille qui allait chambarder sa vie de vieux flic mis au rancart.

2

Paralysé par un sentiment d'impuissance, Tourette essaya de se relever, de tourner la tête, de bouger ses membres. Impossible, le souffle coupé, il ne put que se recroqueviller encore plus, prostré, les reins coincés contre une protubérance.

Une écœurante odeur d'essence irritait ses narines. Le visage aspiré par la matière souple et froide d'un sac en plastique, il ne distinguait que l'obscurité poisseuse de ce maudit coffre. Depuis quand s'y trouvait-il prisonnier, ankylosé, cassé en trois ? Les mains attachées dans le dos, il se sentait misérable, inutile, au bout de sa vie. Le souffle court, il ne pouvait que constater l'effroi de ce qui l'attendait. Passer l'arme à gauche, vraiment ? Sans avoir eu le temps de vieillir jusqu'au bout.

Inexorablement, le sac se rétrécissait, plaqué contre ses joues, aspiré malgré lui par sa bouche. Un ultime filet d'air siffla, sa poitrine se contracta sur un dernier sanglot…

Tourette se raidit, les yeux exorbités, les mains crispées sur son thorax, en se réveillant d'un affreux cauchemar, tout habillé, avachi dans son canapé défoncé.

Une silhouette se dressait au-dessus de lui en contre-jour, nimbée de chaleur odorante et réconfortante.

– Ah c'est vous madame Rybak…

La brave femme au physique de catcheur le considéra avec un air de pitié amusée. Elle déposa la tasse de café sur la table basse.

– Sainte Vierge ! Qu'est-ce que c'est que ça ? Des morts… ?

Elle resta pliée en deux avec une expression dégoûtée, découvrant de vieilles photos de scènes de crimes. Tourette rassembla en tas les clichés éparpillés et les rangea prestement dans une antique boîte de Banania qu'il exhiba fièrement.

– Encore une vieillerie… maugréa-t-elle en essayant de la lui prendre.

Il la serra contre lui tel un trésor.

– Je l'ai chinée hier.

– Ça, j'avais compris. Et ces horreurs étaient dedans ?

Tout excité, soufflant sur son café, il lui conta sa découverte tandis qu'elle entamait le ménage du salon, époussetant avec sa minutie coutumière la collection d'appareils répartis sur tous les coins de meubles.

– Chinez-nous plutôt une jolie vitrine. On y mettrait tout ce fourbi, ça m'éviterait de faire la poussière tous les jours.

– C'est ce que me disait déjà votre prédécesseuse.

Elle se figea, le chiffon en suspend, le regard attristé.

– Quelle pitié... J'ai une amie à qui c'est arrivé. En moins grave heureusement. Le chauffard non plus ne s'est pas arrêté… Votre femme de ménage, ça m'étonnerait qu'elle puisse remarcher…

Elle reprit son nettoyage. Tourette alla poser la grosse boîte jaune sur son bureau jonché de vieux journaux, cahiers, pochettes Kodak d'un autre temps. Il s'étira, faisant craquer l'antique voilure de ses articulations.

– J'ai toujours mis mon café en grain dans une boîte Banania, vous savez bien. Du coup je l'ai repérée tout de suite celle-là. Elle était exposée au milieu de bidules photographiques, ça n'a fait qu'attiser ma curiosité.

Madame Rybak sourit pour elle-même en remontant sa tignasse brune qui lui tombait devant les yeux. Elle avait la cinquantaine, en six mois, une complicité tacite s'était imposée entre la femme de ménage et le retraité. L'appartement ne nécessitait pas un gros travail mais elle se trouvait une raison de venir tous les jours. Parfois ils prenaient un café ensemble avec des biscuits maison ramenés de chez elle. Jamais un mot sur leurs vies privées, présentes ou passées, mais ils aimaient bien parler de tout et de rien. Souvent, ça finissait en interrogatoire, mais c'était le flic qui répondait aux questions. Elle le dévisageait de ses yeux noisette. Il satisfaisait son goût pour les histoires de meurtres. Quand elle lui montrait les derniers faits divers qui la faisaient vibrer, il abondait à son désir avec une anecdote vécue.

– Ce genre de cliché est rare, vous savez. Les scènes de crimes ne sont pas à mettre entre toutes les mains. C'est la première fois que j'en vois dans la vie civile. Peut-être un lot oublié pendant un transfert aux archives… Je les ai eues pour rien en plus, incroyable. Je crois que le broc ne s'en est pas vraiment rendu compte. Il savait pas trop. « Le prix de la boîte. » il a dit.

Il ne put s'empêcher de soulever le couvercle et les compulsa du bout des doigts.

– Ça vous manque tant que ça votre boulot ? Après toutes ces années ?

– Et si je commençais une collection, qu'est-ce que vous en dites ?

Avec l'air de s'en ficher dans le fond, elle lui tourna le dos pour tasser les bouquins dans la bibliothèque.

– Je peux vous en prendre d'autres ?

– Bien sûr ! Non seulement je les ai tous lus, mais un polar se relit rarement. Surtout que je repère souvent le coupable bien avant la fin…

Il l'observa en souriant. Elle en tira deux, examinant les couvertures.

– C'est quoi qui vous plaît ? Les enquêtes ? L'atmosphère ?… Ou lire tout simplement.

Elle chercha sa réponse d'un air concentré.

– Ce que j'aime dans leurs histoires, c'est quand il faut y regarder à deux fois…

– Je préfère vous savoir lire ça que vos magazines un peu… simplets.

Vexée, elle soutint son regard embarrassé tout en dénouant son tablier.

– Bon. J'y vais.

Elle ramassa une plaquette de médicaments qui traînait sur une étagère et la lui donna.

– C'est dans votre poche qu'ils doivent être. Le jour où vous en aurez vraiment besoin, si vous les trouvez pas vous penserez à moi.

La porte d'entrée claqua. Tourette retourna prendre sa précieuse boîte jaune. Il s'installa de nouveau le cul enfoncé dans son sofa, les jambes écartées de part et d'autre de la table basse. Il étala la dizaine de clichés de scènes de crimes.

Galvanisé par cette impression de voyeur inquisiteur, comme du temps où il était aux affaires, il sortit son bloc de papier bleu, un Bic, et ne sachant pas trop quoi noter, scruta chaque détail de ces corps sans vie. Des cas différents, visiblement d'époques diverses. Il en émanait la sensation d'un curieux tableau de chasse. Puis sans réfléchir, il releva les références administratives tamponnées sur chaque photo.

« Qu'est-ce que tu fous… se lança-t-il soudain à lui-même. »

Il jeta son carnet sur les images et se leva d'un coup. Ses épaules tremblaient, il avait chaud. Quelques pas tentèrent d'enrayer le processus mais en se voyant devant la glace, il commença à se traiter de tous les noms, le verbe haut, le regard furieux.

« Cadavre pestiféré ! Échappé de Bicêtre ! »

Il avala en hâte deux cachets et opta pour une sieste forcée. La porte de sa chambre se referma derrière lui avec fracas. Peu à peu, la fatigue de sa mauvaise nuit sur canapé aidant, il finit par sombrer en marmonnant des injures à son polochon, bavant doucement tel un épileptique au bout du rouleau.

***

Une saloperie de rage de dents le réveilla dans l'après-midi. Il se fit une eau tiède au clou de girofle et se campa devant son étalage morbide. Y'avait pas, quelque chose le tarabustait. Un élan qui ressemblait à du désir de réexister. Faire autre chose que tourner en rond dans son train-train qui sentait le sapin. Cette boîte de Banania, c'était l'occase. Elle serait son sésame pour remettre les pieds au commissariat. Quel serait l'accueil ? Ses meilleurs potes avaient tous migré vers le sud. Il se les imaginait zonant sur des bancs de bords de mer, surveillant l'horizon du Styx. Lui, était resté sur son territoire. Depuis des années, il reluquait les nouvelles recrues depuis le Grand-Zinc. Des jeunots qui se la pétaient, l'air préoccupé, le regard sombre. Avec un peu de chance, ces photos pourraient le mener à un truc intéressant, au mieux une fausse affaire pour s'occuper. Un dernier tour de manège, dernier baroud. Après tout il avait encore de la ressource.

Il remit le cintre soigneusement en place. Son complet veston de commissaire puait le vieux, mais une fois enfilé, Tourette se sentit renaître. Toutefois, il songea qu'il risquait d'être ridicule en se pointant avec ses scènes de crimes égarées. Il décida de se rendre d'abord aux archives. Deux trois coups de bigo à des collègues encore en poste lui donneraient un blanc-seing pour pousser toutes les portes, en tant qu'ancien on lui devait bien ça.

Dès le lendemain matin, il glissa les horribles photos dans une pochette et sortit de chez lui avec un air de conspirateur.

« Où vous allez comme ça ?

Madame Rybak montait l'escalier, un sac de produits d'entretien à la main.

– Les affaires reprennent ! lui lança-t-il gaiement.

Estomaquée, elle se retourna sur le palier, suivant des yeux la silhouette qui s'enfonçait avec allant dans la lumière de la rue.

***

En arrivant rue de la Montagne, Tourette n'eut même pas besoin de se remémorer les photos. Par réflexe professionnel, tous les détails étaient gravés dans son esprit. Toutes les scènes de crimes se ressemblent, chaque parcelle est un indice potentiel en puissance. Au début de sa carrière, avec son binôme, une fois que la scientifique avait fait son job, ils reconstituaient les meurtres, jouant l'assassin et la victime pendant des heures, tentant d'imaginer un déroulement crédible du meurtre, parfois du massacre.

« Presque toujours des pulsions de vengeance, d'horribles petites guerres. » songea-t-il en pénétrant dans le hall des Archives de la préfecture de police.

Alors qu'il tendait son laissez-passer et franchissait le portique de sécurité, les années lui sautèrent aux yeux. Envolée la bonne atmosphère de tradition policière, l'émulation conviviale, la bonhommie face au danger. Bien qu'il soit dans un lieu de mémoire, il n'y ressentait que peur et ennui. Il se détourna du miroir du hall, sa silhouette désuète semblait surgir d'un autre temps. Puis d'un pas tranquille, il descendit au 4ème sous-sol, dépôt principal des archives.

Il pensait tomber sur Josie, campée derrière son comptoir, dans son chandail déformé, petites lunettes écaillées et chignon impeccable. Mais une sorte de jeune femme au regard égaré leva son menton de son smartphone fuchsia. Un piercing à la narine lui conférait une élégance bovine.

– Une brocante ?... s'étonna-t-elle. C'est pas des photos de famille… Comment elles ont pu sortir ?

Elle nota chaque numéro de bord et référence puis tapota sur un clavier.

– Tout est informatisé maintenant ?

– Si on veut. Une fois les affaires identifiées, vous devrez quand même vous taper des kilomètres de microfilms…

Elle fit glisser les clichés sur le comptoir après les avoir observés de nouveau.

– Vous savez ce que je pense commissaire ?

Il frémit de plaisir en s'entendant appeler ainsi.

– Un collectionneur chelou a dû faire les poubelles du labo. De nos jours, on est sur du virtuel, mais du temps des scènes de crimes que vous avez dégotées, les tirages papier ratés ou en doublon, on les jetait.

Elle saisit le listing qui venait de sortir de l'imprimante.

– Vu les dates, vous allez courir sur trois étages.

Soudain elle le dévisagea par en dessous, comme si elle le gratifiait d'un conseil en or.

– Vous avez remarqué ? Ces prises de vue ont toutes un défaut, sauf une ; très stylée.

– Ah ? Laquelle ?

– Le grain, la chroma, le papier récent, format légèrement différent, et ces bizarres numéros de bord qui veulent rien dire…

Et elle tapota la scène de crime d'un cadavre plié dans un coffre, un sac plastique sur la tête.

3

Debout dans la cuisine, madame Rybak constata qu'il n'avait pas touché à son assiette. Elle lui troqua son Bic pour une fourchette.

– Vous l'aimez pas ma purée ?

– Mais si, mais si. Asseyez-vous, continuez à me poser des questions. Ça m'aide à construire un raisonnement.

Gênée, elle s'assit en face de lui, les mains à plat sur le mélaminé usé.

– Je suis pas votre dame de compagnie commissaire… Le jour de l'embauche vous avez dit ménage ; pas cuisine, ni de vous faire la conversation…

– Ne faites pas de manières, dit-il la bouche pleine. Disons que c'est en échange des livres que je vous prête… Alors ?

– Alors quoi ?

– Questions ! Des questions bordel de merde ! Arrêtez de me reluquer avec votre mine de pelure d'oignon ! Du nerf grognasse ! Cul de jument ! Morceau de viande mal accroché !...

Il s'interrompit, l'air penaud, désorienté.

– Ah non, commencez pas. Sinon moi aussi je vous parle mal… C'est pas Dieu possible, où est-ce qu'on entend des trucs pareils. Votre maladie de Tourette ça vous détruit le cerveau à ce point ?

– Excusez-moi…

Il tapota sa patate écrasée du plat de la fourchette.

– Syndrome – De – La – Tourette. Il ne s'agit pas vraiment d'une maladie.

– Ouais… Respirez un bon coup et terminez, que je puisse faire ma vaisselle.

Il repoussa l'assiette et, tendu, fit glisser vers elle la macabre photo. Elle se pencha légèrement dans sa direction, la tête de côté.

– Je me demande bien pourquoi vous faites ça. Quand j'ai commencé à travailler ici, vous aviez l'air plutôt tranquille. Qu'est-ce qui vous prend de vous mêler de ces choses qui vous regardent plus ? La retraite c'est fait pour profiter.

– Quand vous y serez, à la retraite, vous comprendrez.

– Il y a pourtant des belles choses, dans la vie, pour passer le temps.

– Et bien justement ça me fait passer le temps moins vite… Écoutez-moi madame Rybak. De toute ma carrière, je n'ai jamais eu un cas qui transpirait vraiment le mystère. Si ça se trouve, je suis tombé sur l'affaire de ma vie. La police, la justice, je m'en moque. Je fais ça pour moi comprenez-vous ?

Elle parut piquée au vif.

– Vous vous moquez de la justice ? Alors que ça a été votre métier toute votre vie ?

Il ne l'écoutait plus, hypnotisé par le cadavre gisant dans ce coffre.

– Je me pose tellement de questions. Mais en désordre. À commencer : pourquoi un faux tampon, et ces numéros de bord, qui ne correspondent à rien d'après les archives… Votre curiosité, ça m'aiderait. Vraiment…

Il lui fit son regard de cocker. Elle laissa poindre un léger sourire en agitant la tête.

– Ah ! fit-il, je sens que vous allez me poser LA bonne question !

– Vous n'avez jamais eu de femme ?

– Où ça...?

– Ici, ou ailleurs, dans votre vie. Vous avez tellement l'air d'un célibataire endurci que je ne m'étais jamais demandé.

– Quel rapport avec ma scène de crime ?

Aucun.

Elle haussa les épaules et regarda la photo en écartant les miettes.

– Qu'est-ce que vous voulez que je vous dise... Vous m'avez raconté votre visite aux archives, et puis les autres photos, sûrement mises à la poubelle d'après eux parce qu'elles étaient ratées. Et puis les affaires classées que vous avez retrouvées, tout ça… Maintenant il vous reste ce pauvre gars la tête dans le sac… Cette photo, si elle a été jetée, peut-être que personne l'a jamais vraiment regardée avant vous, et moi. Ou l'assassin… Si jamais c'était lui qui avait pris la photo… Un mystère comme dans vos polars…

Tourette jubilait d'entendre ses pensées se dérouler avec autant de simplicité dans la bouche de sa femme de ménage. Il plongea son regard dans celui de la rude quinquagénaire qu'il croyait bien plus frustre. Jamais maquillée, ni vraiment coiffée, mal fagotée dans ses robes communes. Difficile de se l'imaginer plus jeune, ou même à peine plus avenante.

– Et ce coup de tampon alors, c'est quoi ? s'interrogea-t-elle, aussi concentrée que lui.

– Un truc de gosses. Vous savez, ces boîtes de tampons pour les enfants. Un jeu !

– Et quelle marque ? demanda-t-elle en désignant la carrosserie.

Il tressauta sur sa chaise en montrant son carnet bleu.

– Cadillac Fleetwood 1959 ! Je n'ai pas eu de mal à trouver, cette américaine fut une des plus importées en Europe dans les années soixante. Souvent ce même bleu turquoise.

Mon bleu préféré, c'est quand même dingue non ?

Il se leva pour tirer sa chaise et vint s'asseoir à l'angle de la table.

– Mais ce n'est pas ça qui fait avancer mon schmilblick. Ni la plaque d'immatriculation. Elle est visiblement française, mais malheureusement elle est floue.

– C'est dommage. Surtout que tout le reste est bien net… Pis on dirait qu'il manque un numéro… Ajouta-t-elle en le pointant de son couteau.

Impressionné, il lui sourit avec reconnaissance.

– Vous me rappelez le bon temps…

– C'est-à-dire ?

– Le travail en binôme. Les heures de planque à retourner une affaire dans tous les sens…

Apaisé par cette bouffée de nostalgie, il contempla le cliché. Elle, examinait son expression candide.

– Et ça ne vous fait rien de regarder *ça* ?

Il secoua la tête avec indifférence.

– Vous les flics, à force de collectionner les morts, vous avez plus de cœur. Forcément.

– Détrompez-vous… répondit-il, étonné par la tonalité froide et méprisante de sa remarque.

L'image avait été prise un peu sur le côté, par-dessus l'aile arrière gauche, surplombant l'intérieur du coffre grand ouvert.

La victime, un homme, était couché en chien de fusil, les mains dans le dos, les chevilles liées avec de la corde, un sac plastique noir sur la tête. L'étoile du coup de flash se reflétait dans le gros pare-chocs.

Rien d'autre dans ce coffre spacieux, sinon la manivelle qui avait sans doute servi à frapper. Car le costume – très commun – était souillé de sang sur la poitrine. Des traces dégoulinaient sur le rebord du coffre, contournant la plaque d'immatriculation floue. Le cadre était assez large pour laisser voir que le sol n'était pas goudronné mais terreux. Et de l'autre côté de l'américaine, on distinguait un talus de pierre blanche et d'herbe jaune.

– Alors ? demanda-t-elle afin de rompre le silence. Je peux faire ma vaisselle ?

Il opina, déçu puis continua de réfléchir à voix haute.

– Ce qui saute aux yeux, c'est le mystère du cliché lui-même, je veux dire, son existence, avec d'autres scènes de crimes… dans une boîte de Banania, sur une brocante.

Il regarda fugitivement leur propre boîte à café posée sur le buffet.

– Ce qui m'interpelle, c'est ce parfum d'ancien et de récent.

– Récent ?

– La Cadillac est ancienne. La corde, le scotch, sont de notre époque. On les trouve dans n'importe quel magasin de bricolage. Et puis cette plaque, même illisible, on voit bien qu'elle est contemporaine.

Il protégea sa photo pendant qu'elle essuyait la table.

– Vous vous rendez compte madame Rybak, si je ne fais rien, peut-être qu'il s'agit d'une affaire non résolue. Peut-être que personne ne saura jamais comment cet homme a été assassiné ?

– Qu'est-ce qui vous dit qu'il est mort ?

Il se figea, interloqué par cette remarque.

– Je n'avais pas pensé à ça… Cependant, regardez bien…

Il lui indiqua l'emplacement de la bouche, au volume parfaitement dessiné par le plastique, comme avalé par la victime.

– J'ai déjà vu ça malheureusement. Avec un sac bien fermé par du scotch costaud, la victime s'étouffe rapidement, le plastique colle à la salive…

Il s'interrompit, la voyant toute pâle.

– Excusez-moi… Vous allez vraiment être persuadée que je n'ai pas de cœur, ajouta-t-il, perfide.

Elle demeura immobile un instant sans réagir, puis elle lui remontra la plaque floue.

– Moi commissaire, je suis sûre qu'avec un de vos vieux appareils compliqués, vous pourriez réussir à la déchiffrer !

***

Deux jours plus tard, il avait aménagé le salon en laboratoire de fortune avec l'aide de son nouveau binôme. Mais après avoir tout essayé, aucun agrandisseur ou vieux jeu de miroir n'avait réussi à montrer autre chose qu'une plaque d'immatriculation floue.

Prenant son courage à deux mains, Tourette se résolut à rendre visite à son bon vieux commissariat.

Il y retrouva la même sensation qu'aux archives. À force de rénovations, mutations, départs en retraite, une tout autre atmosphère y régnait. L'espace était désormais cloisonné de parois vitrées. Comme si plus de transparence aidait à rétablir la lumière sur les affaires en cours.

Tout le monde semblait très occupé, personne ne le regardait, planté dans l'allée avec son enveloppe. Il alla saluer sa remplaçante, une jeune commissaire aux cheveux courts. Elle le reçut poliment, fit mine de s'intéresser à son hobby de retraité, puis le balança aux mains d'un boutonneux enfermé dans un placard bourré d'informatique.

Le gamin estima que la texture du *flou gaussien* était *relou* sur une photo de ce type. Puis il s'acquitta de sa tâche. Avant que Tourette ait le temps d'aligner quelques explications, un pixel après l'autre, les numéros de la plaque minéralogique réapparurent comme par magie. En pianotant sur son clavier, le jeune afficha instantanément les combinaisons possibles. Il les croisa avec le fichier central.

– Une seule *matche*, annonça-t-il avec fierté. Il s'agit d'une Cadillac Fleetwood bleue.

– Son propriétaire ?

– Elle appartenait à un certain Krikorian.

– Appartenait ?

– Commerçant retraité, sans famille, répertorié sur la liste des disparus dans les inondations il y a cinq ans.

– Une dernière adresse connue peut-être ?

Ce Krikorian vivait dans la Dombes, une vaste région de l'Ain peuplée d'étangs et d'oiseaux.

4

Roulant à vive allure, mu par cette bonne vieille sensation de fin limier, le commissaire Tourette ne pouvait s'empêcher de guetter du coin de l'œil *l'apparition du héron…*

Signe que son défunt père veillait sur lui chaque fois qu'il prenait la route pour un long trajet.

Cet étrange phénomène s'était produit le lendemain de son enterrement en région parisienne. Tourette, abattu par un incomparable sentiment de solitude, avait été un peu surpris de voir un héron posté dans un pré au bord de l'autoroute. La silhouette longiligne et figée avait tourné la tête à son passage, pointant son long bec, comme si l'animal le suivait des yeux.

Plus tard, en récupérant les livres de son paternel, il y avait repensé, feuilletant Les Fables de Lafontaine. « Le héron au long cou emmanché d'un long bec ". Toute son enfance, le vieux lui avait répété cette phrase, l'œil mouillé de nostalgie. À cause de sa grande taille et ses jambes maigres, ses camarades d'école l'avaient surnommé Le Héron, inspiré par cette récitation.

Ainsi chaque fois que Tourette prenait la route, à moment donné, un héron était posté quelque part pour le rassurer. Du moins aimait-il s'en persuader. Mais aujourd'hui, alors que son voyage le menait au cœur de la Dombes, maintenant qu'il roulait tranquillement entre les étangs, certains blanchis de vastes nappes d'oiseaux, pas le moindre héron ne pointait son bec au bord de la chaussée.

Il avait rarement traîné ses guêtres dans cette contrée plate, sauvage et humide. Un jour, il avait suivi un collègue chasseur, mais c'était surtout pour le gueuleton promis dans une auberge. Son ventre gargouilla. Il jeta un regard suspicieux au Tupperware que madame Rybak lui avait préparé avec un petit mot : « Vous trouverez bien un micro-ondes dans une station ».

Au moment de partir, une fois sur le seuil, sans réfléchir, il avait proposé qu'elle l'accompagne. Quelle sotte idée avait pu lui traverser la tête ? Elle avait levé les yeux au ciel, puis avant de le mettre à la porte, elle lui avait rappelé d'être prudent, car après tout, il pouvait être sans le savoir sur la trace d'un assassin… Et Tourette n'avait plus d'arme de service. Il chassa cette pensée, apercevant l'enseigne d'une auberge. Il décida de s'en mettre plein la lampe, fallacieux prétexte pour étudier la carte de la région et repérer la dernière adresse connue du propriétaire de l'américaine : route de l'étang des saules.

Seul touriste égaré en ce jour morne qui embrumait la Dombes, il se choisit la meilleure place du restaurant, face à la baie vitrée. Elle donnait sur un long paysage figé, presque aplati sous le poids de cieux menaçants. Il y avait bien un couple de hérons, au loin, chassant chacun leur tour à la surface d'un étang, puis se rejoignant à la lisière des joncs. Mais il préféra les ignorer afin de rester concentré sur la photo du mystérieux coffre.

« Toujours les mêmes questions : qui avait tué qui, comment et pourquoi ? »

Le gâteau de foies de volaille dans son velouté d'étrilles finit de le mettre en appétit. Suivi de grenouilles fraîches, qu'il suçota bruyamment, plongé dans ses pensées. Le tout au rythme de précieuses gorgées d'un Meursault blanc.

« Après tout on ne vit qu'une fois. La mort nous attend au tournant. Autant se faire péter la panse de temps en temps. »

La jeune serveuse, qui l'observait avec curiosité depuis le fond de la salle, attendit patiemment qu'il eût repoussé son assiette et soit affaissé en arrière sur sa chaise, universelle position du gourmet repu. Elle s'avança sur ses grosses jambes à genoux rouges pour débarrasser. Mais la pauvre s'immobilisa en voyant la tête dans le sac du cadavre dépasser de sous sa serviette. Leurs regards se croisèrent. Il saisit en elle une terreur instantanée de jeune fille. Elle le masqua aussitôt avec professionnalisme.

– Monsieur prendra le plateau de fromage ou fromage blanc ?

– Les deux.

– Suivi d'un dessert ?

– Et d'un café merci.

Il regretta la pointe d'agressivité qui lui avait échappé. Il avait la gnaque, les crocs, après ces excès. Cette enquête perso, il allait n'en faire qu'une bouchée. Il rêvait d'une perquisition sauvage, la moins officielle du monde, comme cela arrivait souvent dans le métier.

L'aubergiste, corpulent, les joues aussi cramoisies que les genoux de son employée, s'inclina avec méfiance après avoir présenté la note.

– Oui, les Saules, c'était connu autrefois. À vingt kilomètres au milieu de nulle part si vous vous perdez pas. Une sorte de campement pour ornithologues et chasseurs de photos. Maintenant c'est tout mort là-bas. Avec

Internet, les passionnés ont de quoi se régaler les yeux sans avoir à se mouiller les pieds.

***

En effet, une petite heure d'errance plus tard, il aperçut une rangée d'immenses saules alignés le long d'un étang. Pour les rejoindre, une route en terre aux ornières boueuses le mena à l'entrée du minuscule camping abandonné. Pas de panneau, juste un cabanon aux planches disloquées et quelques mobil homes.

Ne voulant pas se salir, Tourette marcha sur la pointe des pieds jusqu'à son coffre et chaussa ses bottes en plastique. Ce geste lui rappela les protections indispensables à la visite d'une scène de crime. La possibilité de faire une découverte macabre le fit frissonner. D'envie, et de froid, car un fin crachin crépitait à la surface de l'étang.

Avant d'investiguer à proprement dit, il passa le bras par la portière et donna deux coups de Klaxon, à tout hasard. Ils résonnèrent longuement dans le vide, réveillèrent une escadrille de canards qui s'enfuirent en cancanant, agitant leurs culs sur l'onde. Les yeux du commissaire scrutèrent en vain le chemin ; aucune trace, ni de pas ni de voiture. Les mobil homes déglingués n'incitaient pas à la visite. Le vent filait en gémissant à travers leur fenêtrons béants, ou carrément par des ouvertures défoncées dans leurs parois. Des coups de chevrotine, visiblement.

Marchant dans ce cloaque boueux, Tourette remarqua que le sol n'avait aucun point commun avec les herbes et la pierraille du talus, sur la photo du coffre. Un seul mobil home semblait plus en état, à l'écart, cerné d'un rempart de joncs. Il s'approcha avec prudence. Mais il était fermé par un cadenas récent.

Il fit le tour de la grosse caravane, idéalement placée sur la berge pour un affût. Des stores hermétiques, noirs, condamnaient toutes les petites fenêtres. Il ouvrit la trappe de maintenance et constata qu'il y avait de l'eau, du gaz, puis suivant un câble électrique gainé qui courait dans les herbes jusque sous les saules, il parvint à une cahute de tôles. Elle abritait un groupe électrogène. Le réservoir était à demi-plein. Machinalement, il tâta le carter pour voir s'il était chaud. « Froid comme la mort. » murmura-t-il avec malice.

Bon. Avisant un pieu rouillé fiché en terre, il décida de passer à l'acte.

Il s'y reprit à plusieurs fois, puis le cadenas rendit l'âme. À moitié sur le marchepied, avant d'ouvrir, Tourette eut le réflexe vain de mettre la main sous son veston comme s'il avait son holster.

Une odeur rance, piquante, profonde, lui sauta au visage. Il laissa la porte ouverte, remonta rapidement les stores et entrouvrit les abattants. La lumière mit aussitôt en relief l'intérieur du mobil home.

Dès le premier coup d'œil, Tourette comprit qu'une partie était aménagée en labo photo de fortune. Ça respirait l'abandon, sans doute depuis la mort de son propriétaire. Sur le mur, la photo soigneusement encadrée d'une petite boutique Kodak comme on en voit plus. Cela suffisait pour se faire le film du défunt Krikorian : faillite quand le numérique faucha des générations de métiers de l'image, retraite solitaire dans ce camping où il assouvissait sa passion de photographe animalier, oubli du reste du monde, austérité forcée, fin de vie recluse et difficile.

Frissonnant en ne s'imaginant pas vieillir loin de tout, Tourette se concentra sur son objectif : le propriétaire de l'américaine avait-il un lien avec le meurtrc du coffrc ? Ou pcut-être n'en fut-il que le photographe ? Ce laboratoire abandonné, mais prêt à l'emploi, allait-il lui apporter une réponse ?

Tout y était, les trois bacs, les flacons de révélateur, de fixateur, une planche dépolie pour visualiser les négatifs, et le gros Durst, l'agrandisseur d'un autre temps trônant sur la tablette. Un fil chargé de pinces à linge vides traversait la pièce en longueur.

Il jubilait, ce labo à l'air clandestin constituait une première connexion logique dans sa petite enquête.

Comme la pluie s'intensifiait, il referma la porte et entreprit une fouille méthodique. Il regretta de ne pas avoir de gants, ni de quoi faire des relevés d'empreintes. Mais après tout, rien de ce qu'il faisait n'existait officiellement. Au moins, il s'adonnait à un hobby moins ennuyeux que ses parties de Cluedo avec madame Rybak.

Après une demi-heure d'examen, n'ayant rien décelé d'intéressant, il vida la grosse poubelle pleine de tirages ratés, jaunis ou surexposés. En les étalant, il les brassa doucement dans tous les sens, ne reconnaissant que des silhouettes d'oiseaux, des prises de vue de l'étang, des saules, shootés sous toutes les coutures. Déçu, il s'assit devant la fenêtre, écoutant la pluie marteler le toit. Si l'aspect figé des choses était indéniable, il avait la sensation qu'une présence flottait encore. À moins que ce ne soit lui-même qui insufflât ce vibrant parfum de vie. Le cœur lourd, autant de digestion que d'un impalpable sentiment de solitude, il s'affaissa sur la banquette en Skaï. La pluie giflait les vitres, le vent sifflait doucement sous la porte. À travers la pénombre du sombre orage, il aperçut fugitivement un oiseau filant au ras de l'étang, puis disparaître à l'abri sous les saules. Quelques instants plus tard, il ronflait pesamment, rêvant qu'un grand héron rougeoyant surgissait des ondes du révélateur. Le volatile s'avançait vers lui dans l'étroit couloir, puis immobile, le fixait d'un regard placide.

Brusquement, les petites billes grises de ses yeux se zébrèrent de feu. L'oiseau au long cou, crête hérissée, commença à pousser des cris suraigus. Son poitrail se mit à rougir d'une lueur intérieure. Le héron flamboyant, soudain trop grand dans le mobil home déploya ses ailes, dansant sur place en agitant ses fines jambes.

Son bec immense lui transperça frénétiquement la poitrine, encore et encore.

***

Un coup de tonnerre du feu de Dieu le réveilla brusquement.

Après un instant de désarroi, Tourette essuya le filet de bave figé au coin de ses lèvres. La nuit n'était pas loin. Il pesta contre sa faiblesse de vieux croûton et se leva péniblement. Il n'avait pas prêté attention tout à l'heure au tic-tac d'une petite pendule. Les aiguilles dorées lui confirmaient qu'il avait dormi toute la fin d'après-midi. Son intuition lui susurrait qu'il n'avait pas été au bout de sa perquisition. Malheureusement il faisait trop sombre à présent. « Perquisition »… Il ricana du ridicule de sa situation, de son désir de résurrection, de revivre une dernière enquête avant de devenir un être encombrant, réellement plus bon à rien. Comme ce Krikorian disparu.

Ses raisonnements autour de sa mystérieuse scène de crime s'effondraient comme un château de cartes. Il était temps de rentrer. Après tout il s'était payé une petite balade, un bon mâchon. La prochaine fois, il pourrait même étrenner sa putain de canne à pêche.

Il sortit en claquant la porte sous l'orage, marcha en canard jusqu'à sa voiture, ses bottes dérapant à chaque pas dans la boue élastique. La pluie lavait son visage du mauvais suc de la fatigue et l'empêchait de voir à plus de deux mètres. Le pare-brise luisant réapparut entre deux bourrasques. Il s'agrippa à l'aile dégoulinante, et s'engouffra à l'abri. Les mains sur le volant, reprenant son souffle, il scruta la nuit. Poussant un soupir de découragement il mit le contact, le chauffage, les pleins phares. Les essuie-glaces balayèrent la vision du camping abandonné aux airs d'apocalypse dans la tempête. À peine devinait-on les silhouettes des mobil homes, encore moins la présence de l'étang. Il se racla la gorge.

« Bon ! »

Il enclencha brusquement la marche arrière, le corps tordu, un bras enroulé à l'appuie-tête. La voiture, au lieu de reculer en ligne droite, fit un quart de tour sur elle-même en glissant dans une ornière.

« Niquedouille ! Cocher de marionnette ! »

Malgré des accélérations savamment dosées, il ne bougeait plus. S'il s'acharnait, elle ne ferait que s'enfoncer. Il coupa le contact, la poitrine grondante de colère et d'impuissance.

« Morte couille ! Binoclard sans yeux ! Commissaire de mes deux avec ton enquête à la mords-moi-le-nœud !... Nodocephale ! Tu me fais chier Tourette ! Pauvre misérable retraité de comptoir ! Tu m'emmerdes à tel point que si j'étais pas moi, j'irais me faire voir chez les Grecs ! Merde ! Merde ! »

Il cogna sur son volant, donna des coups de Klaxon étouffés par le tintamarre de l'averse. Puis, affaissé dans son siège, il savoura le plaisir de ce dérapage verbal totalement justifié.

L'orage s'éloignait, pas la pluie, légère. Il allait devoir passer la nuit ici. Ce genre de sol sèche aussi vite qu'il se détrempe. Le soleil matinal l'aiderait sans doute à le sortir de là.

Un regard au Tupperware de madame Rybak suffit à le calmer. En toutes situations, envisager de manger quelque chose de chaud remet toujours les pendules à l'heure.

Le commissaire claqua la portière, puis courut en s'abritant sous sa boîte en plastique. Une fois dans la caravane, il fit son plan de bataille dans sa tête. Il s'arma d'une lampe torche dynamo qu'il avait repérée, se confectionna un poncho de fortune avec un grand sac poubelle, et trotta de nouveau dans le noir, s'éclairant vaguement en activant frénétiquement la manivelle. Par miracle, le groupe électrogène démarra facilement, comme s'il avait tourné la veille. Un éclat joyeux lui échappa en apercevant la lumière réconfortante se dessiner dans le carré des fenêtres. Puis, après avoir ouvert le Butane, il retourna se mettre à l'abri.

Se sentant déjà chez lui, penché au-dessus du réchaud, Tourette touilla longuement son bœuf carotte dans une casserole qui avait vécu autant que lui. Un sourire candide sur les traits, il songeait à sa brave femme de ménage. Se seraient-ils séduits, dix ou vingt ans plus tôt ? Après réflexion, vu les circonstances et l'étroitesse de la couchette, il se félicita de ne pas avoir insisté pour qu'elle l'accompagne.

Il dévora son plat, et puisqu'il était seul, lécha l'assiette à grands coups de langue. Un rot de satisfaction retentit. Bon sang de Dieu, il se sentait bien dans son cabanon de sauvage, presque dans une autre vie, un nouvel élan. Avant d'essayer de dormir, il chercha dans les placards à la recherche d'un restant de café. En vain. Mais, il remarqua une forme blanche qui avait échappé à sa fouille. Elle était cachée par des flacons de produits chimiques, coincée entre deux étagères. Il extirpa la petite glacière en polystyrène, sorte de gibecière à poissons. À l'intérieur, couchée dans le renfoncement, se trouvait une vieille mais magnifique boîte d'un jaune qu'il connaissait bien. Une boîte de Banania.

5

Stupéfait, Tourette demeura un moment sans bouger, les neurones frémissants de jubilation. Merci l'orage, merci la boue, merci madame Rybak, merci le bœuf carotte !

Il délogea la boîte de Banania, vint s'assoir à la tablette, bien à la lueur de la lampe. Il força de manière égale sur les quatre coins du couvercle de tôle. Son pressentiment était juste : au premier coup d'œil, il reconnut une petite liasse de photos. Mais à peine les eût-il sorties, fébrile, que la lumière tremblota, s'amenuisa, s'éteignit. Au loin, le groupe électrogène stoppa en toussotant.

Tourette se rendit compte qu'il ne pleuvait plus, car le silence et la nuit s'imposèrent d'un coup.

« Chiottes de gueux ! »

Debout dans l'obscurité du mobil home, le couvercle de la boîte à la main, il écouta le tic-tac de la pendule en essayant de se souvenir où il avait posé la lampe dynamo. Mais après avoir buté dans un placard resté ouvert, il demeura désorienté. Il bâilla longuement. N'était-il pas plus simple de s'étendre en attendant le jour ?... Un bruit de tôle à l'extérieur le figea.

Le vent ? L'esprit électrisé par l'instinct du danger, il s'approcha doucement d'une fenêtre. Le nez contre la vitre froide, les yeux écarquillés, il ne distinguait pas le moindre relief d'ombre. Son haleine embuée lui réchauffa le visage. Un chien errant peut-être ? Soudain, il reconnut le son feutré mais net de la portière de sa voiture. Les poils de ses mains, de son cou, se dressèrent. C'était lui, le chien errant, à la merci d'un inconnu qui devait assez bien connaître les lieux pour ne pas avoir besoin de lampe. La joue plaquée contre la vitre, il n'apercevait pas la veilleuse de l'habitacle qui aurait dû s'allumer dans la voiture. Ce n'était donc pas qu'on ouvrait, mais qu'on refermait la portière. Son visiteur venait d'en redescendre. Qu'est-ce qu'un vagabond aurait bien pu faire dans un coin aussi isolé ? Le fantôme de Krikorian ?

Quand on a toujours été en binôme, ce genre de situation se gère d'un regard entendu. L'urgence de prendre une décision le torturait. Appeler les flics ? Mais comment justifier sa *perquisition* ? C'était lui qui était entré avec effraction.

Alors il se souvint du pieu en métal, posé contre le marchepied quand il avait forcé le cadenas. Il longea le mur jusqu'à la porte et l'entrouvrit. Il comprit aussitôt pourquoi on n'y voyait rien ; un brouillard compact l'enveloppa des pieds à la tête. Sans réfléchir, il cria dans le vide : « J'ai une arme ! »

Sa voix n'avait pas tremblé. Fier de son mensonge, à moitié à genoux, il tâta la paroi extérieure, trouva la barre de fer. Il s'en saisit et referma le loquet symbolique. Devait-il aboyer d'autres invectives ? Se sentant vieux et lâche, il se contenta de rester face à la porte, son arme de fortune en main. Si quelqu'un entrait sans s'annoncer, il lui balancerait un coup de tout son poids avant de foncer au jugé vers la voiture.

Encore une fois, la lubie de son enquête hasardeuse lui sautait aux yeux. Fallait-il être con pour se foutre dans un merdier pareil ! Et pourtant : il venait de découvrir une seconde boîte de Banania, contenant de nouvelles photos. Et il enrageait de n'avoir pas eu le temps de les regarder. Il s'adossa aux placards, la barre bien en main, et surveilla le silence, les yeux fermés, cessant de penser, à l'affût de la moindre vibration sonore. Au bout d'un long moment, il crut percevoir la texture grave d'un lointain bruit de moteur qui s'éloignait. Peut-être pour se rassurer.

***

L'aube le trouva commissaire assis le cul par terre, affaissé sur lui-même, la tête tombante, son glaive serré contre sa poitrine. Il s'éveilla lentement, ouvrit un œil et vit le bout de ses bottes. Les oiseaux chantaient. Il se déplia en soufflant comme une bête, attrapa la vieille couette qui sentait le moisi, s'y emmitoufla et sortit.

Sa silhouette de romanichel erra dans le campement. Le soleil, à peine sur l'horizon, cisaillait la brume à la surface de l'étang. Il y avait longtemps qu'il n'avait été saisi par tant de splendeur. Grelottant, il contempla un moment le paysage foisonnant de petits bruits d'animaux. Il attendit que l'astre lui claque au visage. Il se réchauffa faiblement, puis il marcha jusqu'à sa voiture. La boîte à gants était ouverte, son contenu sans intérêt répandu sur le siège. Il haussa les épaules. Frayeur inutile, si son mystérieux visiteur lui avait voulu du mal, il se serait montré. Il se rendit à l'entrée du campement et repéra facilement d'autres traces de pneus que les siennes, plus larges et plus profondes. Elles étaient si parfaitement marquées dans la boue qu'il en prit une photo avec son téléphone.

De retour au mobil home, au lieu de se jeter sur le contenu de la boîte jaune, il fit durer le plaisir et décida de se faire un immonde café soluble avec un vieux flacon de Nescafé qu'il dut gratter à la fourchette.

Drapé dans sa couette, trônant tel un empereur sur la banquette du fond, il étala les nouveaux clichés de scènes de crimes sur la tablette. L'évidence lui sauta aux yeux : il était bien sur quelque chose d'importance.

Un vain mystère, un psychopathe photographe, ou une enquête faussée par les hasards d'un collectionneur, impossible de se faire une idée à ce stade. Du coup il en oublia le goût de sable du café et tria rapidement le grain de l'ivraie.

Contrairement à la première boîte, celle-ci contenait à la fois des tirages ratés sans intérêt, et trois clichés qui appartenaient visiblement à la même série que la photo du coffre. Même format, même papier, mêmes numéros de bords incohérents, même Mako-tampon.

Le soleil baignait la caravane d'une lumière dorée. Épuisé mais heureux, Tourette laissait son regard aller d'une scène de crime à l'autre, porté par chaque détail, sans lutter, sans chercher à comprendre, mais gardant à l'esprit l'image de la victime à la tête dans le sac. Ne sachant pas comment les mettre dans l'ordre, ou même s'il y avait un ordre, il les intervertissait de temps en temps comme au bonneteau.

La première était une photo ancienne en noir et blanc sépia. On y découvrait une chambre assez simple, un peu comme celle de Van-Gogh, songea-t-il, car la perspective des murs ne semblait pas équilibrée. Certainement une scène de crime remontant aux débuts de la police scientifique. Une armoire miroir, contre le mur de droite, une petite table à manger et une seule chaise, alignées sur le bord gauche de la photo, devant une fenêtre que la luminosité trop blanche dédoublait légèrement, avec un effet de diffraction masquant la vue de l'extérieur. Quelques cadres et photos de familles, une croix, au-dessus du lit, coincé au fond de la pièce, encadré de pieds et têtes de lits hauts et massifs. Une jambe de femme pendait sur le flanc du matelas. Son corps tordu par ses derniers instants s'inscrivait harmonieusement dans un écrin de draps chiffonnés, noircis d'immenses taches. On ne distinguait pas son visage, tourné vers le mur, mais ses cheveux emmêlés semblaient coagulés dans son propre sang.

La seconde scène de crime, en couleurs, montrait une forêt de bouleaux. Au premier regard, la régularité du bois donnait l'impression d'un paysage paisible, puis l'œil s'accrochait à l'arbre au centre de l'image. Il paraissait plus large, même un peu flou. Le corps d'un homme y était ligoté. Il était vêtu d'un costume bon marché, souillé. Sa tête penchait en arrière sur le côté du tronc, laissant bien apercevoir le lien qui écrasait son cou. Mais plus incroyable, malgré le flou qui dédoublait partiellement la silhouette, passé le premier choc de la découverte, en essayant de comprendre d'où venait cette étrange sensation d'artificiel, Tourette dut accepter les faits : il ne s'agissait pas d'un homme mais d'un mannequin. Exactement comme dans la chambre, constata-t-il ensuite. Sur les deux photos, les mises en scène ou reconstitutions avaient été faites avec minutie et réalisme.

Drôles de scènes de crimes en vérité. Qu'en était-il de l'homme du coffre, la tête cachée sous le plastique ?

Il la réexamina, mais difficile à dire. Un mannequin aurait-il aspiré si parfaitement le sac dans sa bouche ?

Tourette tremblait de nervosité. À la fois de déception, mais animé d'une dévorante curiosité, plus que jamais, car sur le troisième et dernier cliché, les choses étaient bien différentes : ni corps, ni mannequin, mais la plus incroyable des photos.

Elle montrait un ponton en noir et blanc. Mais il ne s'agissait pas d'un étang comme dans la région, plutôt d'un lac de petite montagne. L'image, très esthétique, était magnifiquement composée. La surface plane, sombre, parsemée de brillances métalliques du soleil, butait contre la rive d'un horizon bouché par un mur d'arbres. De rares reflets de nuages sur l'onde évoquaient la présence des cieux.

Le ponton surgissait de l'angle en bas à droite, et s'élançait jusqu'au centre de l'image.

À son extrémité, une échelle rouillée plongeait dans l'eau.

À mi-chemin, dressée debout sur les planches vermoulues, la tête et le bec tournés vers l'objectif, se découpant sur ce paysage, la silhouette d'un grand héron blanc regardait Tourette.

6

– Accès au dossier ? Rien que ça ?...

La jeune commissaire touillait son express noisette avec conviction.

– Juste un petit coin de bureau, un téléphone… Je ne dérangerai personne. Je pourrais même donner quelques conseils à l'occasion…

Autour d'eux, le Grand-Zinc résonnait de la cohue de midi. Les assiettes de saucisson fumant défilaient à toute allure par la lucarne de la cuisine. René passa en lançant un clin d'œil déplacé à son pote. La jeune femme sirota une gorgée, puis ressentant le désarroi de son prédécesseur, racla le dépôt noir et sucré au fond de sa tasse. Elle jeta un dernier regard aux scènes de crimes rangées dans leur enveloppe. Puis avec un sourire compatissant, elle lui rendit son maigre dossier. Son smartphone vibrait sur le comptoir. Agacée mais contrainte, elle le fourra dans sa poche.

– Jusqu'à présent, aucun mannequin trucidé n'a porté plainte, dit-elle, narquoise.

– Si ça se trouve, le cadavre du coffre n'est pas un mannequin.

– Si ça se trouve ?

– Oui bon, je vais la donner à votre petit génie pour vérifier. Mais la photo de ce ponton. Ce ponton-là…

– C'est là que vous allez pêcher ?

Il resta indifférent à sa moquerie.

– Maintenant que ça m'est revenu, je suis sûr de moi.

Elle se pencha sur la photo. Elle était sur le départ.

– Allez dites moi, Tourette : c'est quoi le *truc* ?

– Le truc ?

– Je déteste parler d'intuition. La plupart du temps ça finit en eau de boudin. Je préfère dire : truc.

– L'intuition est pourtant notre arme principale. L'intuition se situe aux limites du hasard. Vous croyez que je ne le sais pas ?

– Si vous vous mettez à parler comme Maigret, je dois vraiment y aller.

– C'est cette affaire qui me parle.

– Une affaire qui vous parle… Et c'est moi la débutante.

Elle plongea sa main dans son sac pour payer. Il la retint.

– C'est pour moi commissaire.

– Merci commissaire.

Son bref sourire l'incita à se rapprocher d'elle. Il lui balança à voix basse son histoire qui ne tenait sur rien.

– Sur ce ponton-là… précisément… il y a une douzaine d'années, un jeune campeur y a étranglé sa petite amie. Je me souviens parfaitement de la procédure. C'est bien simple, il n'y en a presque pas eu. Parce que la principale preuve était indiscutable. Un type qui faisait des photos d'oiseaux à l'autre bout du lac a shooté les jeunes en flagrant délit.

– Quelle aubaine. Ce genre de preuve devrait arriver plus souvent.

– L'avocat n'a rien pu faire. On voyait clairement son client étrangler la gamine, à genoux à ses pieds… Je vous raconte ça, mais en fait, à cette période, j'ai été hospitalisé. Rien de grave, mais je n'ai même pas pu enquêter jusqu'au bout. Strangulation et coup du lapin, ça n'a pas traîné… J'ai juste lu le compte rendu. Au procès, le jeune garçon, l'accusé, est resté mutique du début à la fin. Chaque fois qu'il ouvrait la bouche, c'était pour répéter qu'il était innocent… Il a pris vingt ans.

– Ce ponton-là, vous êtes certain ?

– Affirmatif.
– Et donc ?
– On a peut-être été trop vite. Souvent une preuve accablante cache autre chose. Comme le silence de ce garçon.
– Et le rapport avec les autres photos, les mannequins ?

– Justement ! C'est ça le truc : le mystère…

Elle ne put s'empêcher de soupirer.

– *Si ça se trouve*, on s'est trompé à l'époque. JE me suis trompé.
– Mm. Vous vous faites pas un film pour occuper votre retraite ? Vous me feriez pas ça Tourette ?

– Une affaire n'est jamais classée…

– … « Si l'erreur porte sur l'existence d'un fait ou dans l'appréciation d'une situation. "
– Si vous ne le faites pas pour ce garçon condamné à la va-vite, faites-le pour moi…
Elle se détendit enfin, consciente que la conversation se terminait. Elle lui tapa gentiment sur l'épaule, comme un homme.
– Je vais vous le faire sortir ce dossier. Faut bien aider les vieux.
Elle prit congé. Soulagé, Tourette grimpa sur un tabouret. D'un signe de tête, il commanda un plat du jour.

Une fois passé le coup de feu, René s'approcha et se servit un verre d'eau pour décompresser.

– Il a pas l'air content. Il est pas bon mon sauciflard ?

Tourette mâchouillait en grimaçant. Sa dent du fond s'était réveillée.

– J'ai passé une mauvaise nuit au froid il y a quelques jours. Depuis je peux plus mâcher à droite.

– Mâche tes patates à gauche.

Il attrapa un bout de papier et lui nota un nom.

– Tiens, c'est mon dentiste. Un cador. Il te prendra en urgence.

Tourette repoussa son assiette, le regard dans le vide.

– Tu m'avais l'air à la fête tout à l'heure avec la petite commissaire… Tu dragues ou tu rempiles ?

– Je sais pas… Dis-moi, il y a une brocante bientôt ?

– Tiens, au fond là, celui qui vient de commander un deuxième quart de Beaujo, c'est le placier. Il pourra te rencarder.

Sans attendre, Tourette abandonna le comptoir. Il s'invita poliment à la table du gros homme concentré sur sa Tatin. Il lui montra sa carte de flic et n'eut aucun mal à expliquer que le nom du broc qui lui avait vendu la boîte de Banania était important. Le placier sortit de sa sacoche un carnet à souches et lui donna les coordonnées sans sourciller.

***

Deux heures plus tard, le commissaire arpentait les allées de la Feyssine. Jeudi, jour des marchands, l'atmosphère des Puces était tranquille. La plupart des rideaux de fer étaient levés mais aucun meuble sorti. Au fond de chaque local, un visage soucieux tentait de sourire au passant, espérant faire l'affaire du siècle.

La compagne du broc le reçut avec méfiance. Maigrelette sous un amas de pulls colorés, elle avait la quarantaine mais la fatigue lui en donnait plus de cinquante. Une abondante masse de cheveux blonds bouclés tombait en cascade sur ses épaules. Elle était maquillée, pomponnée à l'ancienne, comme pour un bal de 14 juillet. Il la rassura, il n'était pas là pour un contrôle, pas à titre professionnel, mais en tant que collectionneur en herbe. Il lui dit être si content de son achat qu'il aurait voulu retrouver son vendeur.

– On donne jamais les noms. On est comme la presse nous autres. On protège nos sources. Vous comprenez ?

Il porta la main à sa joue en grimaçant.

– Mal aux dents ? dit-elle soudain en compatissant.

– Rage de dents…

– Faut voir un dentiste.

Il la laissa s'apitoyer sans rien dire puis insista encore un peu, jusqu'à ce qu'elle tire son grand cahier de ventes en soupirant.

Elle n'avait pas le souvenir de photos, ni d'une boîte de Banania en particulier. À l'aide de la date, elle put remonter à l'achat de ce qu'ils avaient déballé. Cette boîte était peut-être dans le lot d'une maison débarrassée le mois dernier. La maison d'un Arménien du côté de Givors.

Curieusement, Tourette eut un frisson prémonitoire avant qu'elle ne lui communique le nom de cet Arménien.

– Tout le monde le connaît dans le milieu. Krikorian, il ramasse tout ce qui est en rapport avec les appareils photo, les projecteurs, tout ça. De temps en temps, sa caverne d'Ali-Baba est trop pleine alors il appelle et on charge. Il nous vend au kilo.

***

Givors étant au sud de Lyon, il préféra d'abord foncer chez le dentiste de René. Dès son entrée dans le cabinet, à la mimique que fit la secrétaire de l'accueil en voyant sa joue, il mesura la gravité de son cas. Affable, le docteur accepta de le prendre entre deux patients et lui montra dans un miroir l'inflammation au fond de son maxillaire.

Au moment où il s'installait dans le fauteuil, son téléphone sonna.

– Commissaire Tourette ?

– “ui même… articula-t-il comme il le pouvait.

– Yann, du service infographie, vous êtes venu me voir pour déchiffrer une plaque l'autre jour…

– “ui ! “ui ! “rès “ien !

– Allo ?

– “e “ui ché le « entist »

– Ah… La patronne m'a demandé de réexaminer votre cliché du coffre, comme je l'avais encore sur le disque…

– …

– Je vous fais le topo. En grossissant plusieurs détails, il semblerait que ce ne soit pas un corps humain mais bien un mannequin… D'ailleurs les chaussures gauche et droite sont inversées. La position d'un des deux bras est impossible pour une articulation. À moins qu'on lui ait brisé l'épaule. Bref, je suis désolé, mais j'ai bien l'impression que votre photo c'est un canular.

Tourette raccrocha, à la fois déçu et conforté dans la cohérence du mystère. Il se demanda si le héron du ponton était lui aussi un faux, empaillé. D'une main ferme, le dentiste le força à s'allonger.

Malgré l'interminable séance de torture, il ne lâcha pas le regard de son bourreau. Ne pouvant serrer les dents, il étreignait les accoudoirs, la nuque crispée, gigotant des pieds. Le dentiste le considéra avec pitié tandis qu'il rechargeait sa roulette.

– Pour un flic, je ne vous pensais pas si douillet.

Le sang du commissaire ne fit qu'un tour. Une poussée d'injures incontrôlées jaillit de sa bouche encombrée de coton sanguinolent.

– Allons calmez-vous. Je ne comprends rien. Encore un peu de ménage avant de mettre un pansement.

La meuleuse infernale s'enfonça dans sa gueule tremblante. Il décida de se concentrer sur le disque éblouissant de la lampe, dont la réfraction dédoublait légèrement la silhouette du dentiste.

Alors, soudain, pris d'une illumination, il cessa de résister, reconnaissant ce phénomène, le même que sur les mystérieuses scènes de crime : la plaque de l'américaine, la fenêtre de la chambre, l'arbre un peu disproportionné qui ne semblait pas faire partie de la même forêt de bouleaux, la présence fantomatique du héron.

Satisfait de lui, le dentiste contemplait son œuvre.

– C'est provisoire, évitez de mâcher de ce côté quelque temps. Mais il faudra prendre une décision sinon vous allez vraiment morfler.

– Enfoiré de nazi c'est toi qui vas morfler si tu vires pas de mon chemin ! Dégage !

– Plaît-il ?

– Triste à pattes ! Encroupeur de mouches ! Fasciste à roulette ! Tous des enseignes de cimetière avec vos visages sans viande ! Bordel j'me casse !

Tressautant sur place devant la porte de la salle d'attente, Tourette se tut, songeur. Vaguement confus, il paya et s'éclipsa.

Sans plus attendre, il se mit en route pour interroger ce Krikorian, avec une seule pensée en tête : « Une coïncidence de plus, c'est une coïncidence de trop. »

7

Essayant d'oublier sa dent cruelle, bavant de douleur, Tourette étreignait son volant avec ferveur. Cette brocante inopinée l'avait sorti de l'immobilité. Il voyageait, sur les routes, et dans sa tête. L'adresse le mena à Givors-Canal, dans un quartier peu reluisant sous l'échangeur d'autoroutes, écrasé par la masse d'anciennes usines d'un côté et de petites montagnes de l'autre. La rue était bordée d'habitations plus ou moins salubres. Quelques véhicules de type utilitaire s'égrenaient le long de trottoirs défoncés. Exactement le genre d'endroit où il pouvait tomber sur l'américaine de la photo…

Sur une boîte aux lettres en tôle, le nom Krikorian était à peine lisible. Une palissade entourait sa maison de deux étages au parfum d'inachevé. D'énormes pelotes de fils électriques en vrac encombraient la façade, jusqu'à une clim déglinguée.

Il poussa le battant de la double porte et jeta un œil à la cour intérieure : herbe folle, table et chaises en plastique, barbecue, ainsi qu'une rangée de grosses cages à chiens bricolées. Un garage ouvert débordait de cartons pleins d'objets métalliques. Dans l'ombre du local, on devinait la haute silhouette d'un vieux projecteur de cinéma à charbons, chargé d'impressionnantes bobines vides. Devant l'escalier de la maison, à l'abri sous un parasol Orangina délavé, un type sirotait sa bière en l'observant.

– Je peux entrer ?

L'autre lui fit signe d'approcher. Mais dès ses premiers pas, des chiens surgirent du fond de leurs cages de fortune, secouant le rudimentaire grillage à poules qui les privait de liberté.

Plié en deux de rire, l'homme frappa sèchement une cloche de boxe, calmant instantanément les fauves. Il lui fit de nouveau signe d'avancer. Pas rassuré, Tourette traversa la cour.

– Alors on fait du tourisme dans les faubourgs de Givors ? demanda-t-il, ironique.

Tourette prit un air admiratif.

– Ce sont vos chiens ?

– Non m'sieur. On fait du gardiennage hors saison. Mais c'est rien que des champions.

Tourette les contempla quelques secondes. Certains semblaient affamés. Le grondement de l'autoroute ronronnait au-dessus de leurs têtes.

– Alors comme ça les chiens vous intéressent ? Vous chassez m'sieur ?

– En quelque sorte, répondit-il. Puis il décida d'annoncer la couleur et sortit rapidement sa carte périmée.

– Commissaire Tourette, de la criminelle. Vous êtes Rafael Krikorian ?

Le sourire goguenard s'effaça instantanément de son visage fripé. Sa bouche se recroquevilla sous sa truffe couperosée.

– Alors il est parti voir une adresse. Moi j'suis un voisin. Je donne la main de temps en temps.

Il posa sa bière à moitié vide, se leva en grimaçant, un poing fermé aidant le bas de son dos.

– Alors pas sûr qu'y revienne de suite. Et moi je dois y aller…

Le commissaire observait la façade, le vieux le poussa poliment vers la sortie.

– Alors je peux pas vous laisser seul ici. Je veux pas d'emmerdes.

Ils se retrouvèrent dans la rue. Amusé par son aplomb, Tourette l'observa libérer prudemment un chien dans la cour, puis sortir en refermant soigneusement la porte.

– Alors, s'cusez commissaire… fit-il en levant les épaules, les bras légèrement écartés en signe d'impuissance.

Son téléphone sonnait, il souleva le clapet et s'éloigna en répondant dans une langue qui devait être de l'arménien.

Alors que l'homme tournait au coin de la rue vide, en train de s'engueuler au téléphone,

Tourette hésita, puis se faufila entre les palissades pour contourner la maison.

À l'arrière de la propriété était entreposée une fourgonnette sans plaques, les pneus à plat. Il soupira, chassa de son esprit qu'il ne représentait aucune autorité. Juste un vieux têtu qui suivait son idée. Puis il grimpa sur le toit de l'auto. Après s'être assuré que le chien ne rôdait pas dans l'arrière-cour, il sauta, ou plutôt se jeta maladroitement de l'autre côté.

Ses genoux, son dos, gémirent en silence, mais la sensation de l'effort retrouvé le galvanisa. Il contourna le bâtiment sans faire de bruit, surveillant la cour. Une cage était ouverte, l'animal avait dû réintégrer son logis. Il s'introduisit dans la maison.

Immédiatement, ses narines identifièrent un parfum de produits chimiques. Après le mobil home de Krikorian, il se trouvait une nouvelle fois au bon endroit. Avançant doucement dans le couloir encombré de cartons, il décida de faire un rapide tour des lieux.

L'ambiance générale était dépareillée. Ce Krikorian vivait dans son stock. Le salon, la salle à manger, un bureau, une petite cuisine, tout était rempli de cartons ouverts. Des appareils photo de toutes les époques s'alignaient sur les meubles. Son bureau lui servait d'établi. Il devait certainement les démonter pour les remettre à neuf. Une batterie d'objectifs s'entassait sur une commode. Des agrandisseurs posés à même le sol.

Avidement, Tourette scruta, espérant découvrir une nouvelle boîte de Banania. Mais, revenant dans le couloir, son regard tomba sur une série de photos dans le tournant de l'escalier. Tourette se planta devant les cadres, sidéré. Il s'agissait de très beaux clichés en noir et blanc de l'Étang des Saules.

Sur l'un d'eux, pris depuis l'autre rive on apercevait même les toits des mobil homes derrière le mur de joncs.

Il décida de finir sa visite au plus vite, de ressortir pour attendre Krikorian, puis de revenir l'interroger comme si de rien n'était.

Deux chambres à l'abandon, débarras de tout ce qui ne concernait pas la photographie, une salle de bain de célibataire, ainsi qu'une autre attenante à la chambre principale, mais celle-ci aménagée en labo photo. Constatant qu'il ne s'y trouvait rien d'intéressant, il retourna dans la vraie chambre, sourit en voyant la paire de charentaises au pied du lit défait, puis alla jeter un œil à la fenêtre entrouverte.

Une porte claqua, quelque part dans la maison. Le courant d'air souleva le rideau.

Tourette frémit, réalisant ce qu'il était en train de faire.

« Tu chies dans la colle Tourette… »

Inquiet, il observa la porte de la rue, puis celle de la cage, un peu plus ouverte que tout à l'heure. Confirmant sa supposition, un grognement sourd le glaça. Il se retourna sans geste brusque. Le molosse, au milieu de la chambre, le fixait en montrant les crocs.

Impossible d'accéder à la sortie. Durant d'interminables secondes, n'osant bouger, Tourette chercha comment se sortir de là. La bête s'apprêtait à bondir. Il tenta de laisser monter en lui un flot d'injures bien senties pour lui gueuler dessus, mais ce putain de T.O.C. ne se commandait pas. En un éclair, le chien lui chopa la jambe, le déséquilibra. Par chance, la mâchoire avait attrapé un pied de chaise en même temps que sa cheville. Il s'agita de toutes ses forces pour se dégager. Le bois se désagrégea, et tandis que le chien s'acharnait sur la chaise, il put ouvrir la fenêtre, sauta sur le rebord, s'assurant de son autre pied à l'extérieur posé sur le bloc de climatisation.

Le chien le reprit pour cible, aboyant furieusement, essayant de croquer la jambe libre que le commissaire agitait en tous sens. Dans la cour, les autres chiens, excités par ce ramdam, se ruaient contre les grillages en hurlant à la mort. Tourette tenta une descente en rappel en s'agrippant à l'écheveau embrouillé de fils. Mais les fixations murales cédèrent sous son poids. Il bascula dans le vide, retenu in extremis par une toile d'araignée de câbles. Suspendu à deux mètres du sol, la tête en bas, il aperçut les chiens déchaînés défoncer leurs portes. Ils déboulèrent sous lui, bondissant à tour de rôle, les mâchoires claquant près de son visage. Désespéré, il voulut se rétablir pour remonter, mais la vue du molosse penché à la fenêtre de la chambre le pétrifia. Les larmes lui montaient aux yeux, sa visite discrète virait au numéro d'équilibriste qui n'était plus de son âge. Tout à coup, la cloche de ring du perron retentit. Les chiens se calmèrent aussitôt et filèrent dans leurs cages. Il découvrit la silhouette d'un homme en bleu de travail, barbe blanche et casquette enfoncée jusqu'aux yeux. Même à l'envers, il devina son abattement. D'une voix rocailleuse, mais d'un ton qui trahissait une immense déception, il dit :

– Ça y est… Vous m'avez retrouvé…

***

Une fois remis de ses émotions, accueilli par le vieil arménien qui ne lui en voulait pas le moins du monde de s'être introduit chez lui, ils partagèrent un café à l'italienne au parfum de trop cuit, et Tourette écouta son récit dans la cuisine.

– C'est curieux commissaire, mais votre visage me dit quelque chose… Pas vous ?

– Ah… répondit-il en le dévisageant.

Mais non, cette vieille trogne fatiguée ne lui évoquait rien. Il n'était pas très étonné par son histoire ; des milliers d'adultes disparaissent chaque année, le plus souvent pour fuir une vie qu'ils n'ont pas voulue, ou une famille mortifère, parfois pour cause de dettes. C'était pour cette dernière raison que Krikorian avait soigneusement préparé sa sortie.

Sa boutique de photo ayant fait faillite, à la retraite, poursuivi par le fisc et les créanciers, aux abois, il attendait son heure.

Profitant d'une catastrophe naturelle meurtrière dans le Sud-Ouest, il lui avait suffi de faire passer l'info anonyme qu'il était parti sur le chemin de Compostelle. Son nom finit par être rajouté à la liste des disparus. Il allait pouvoir revivre.

En attendant cette opportunité, Krikorian s'était assuré pendant deux ans, progressivement, de ne plus parler à personne, retiré dans son mobil home. En quittant son magasin, il avait détruit toutes ses photos, emporté aucun souvenir, aucun objet préféré, abandonné sa voiture sans plaques. Il n'avait plus de famille, personne ne s'inquiéta.

La solitude de l'Etang des Saules s'était chargée de transformer ses habitudes. Il n'utilisait que l'argent liquide mis de côté. Il avait coupé ses cartes de crédit, ses papiers, sa carte vitale, et toutes sortes de cartes de fidélité en petits morceaux. Il les avait brûlées lors d'une cérémonie avec son nouveau lui-même.

Inutile de prendre le large. Ayant un nom répandu, il avait gardé le sien, ou plutôt celui de son père décédé. Ils avaient le même prénom. Son permis, ses papiers, sa voiture suffisaient à faire illusion, à condition de respecter le code de la route. Ne pas faire de vagues, porter la barbe et toujours un chapeau. À force de s'ennuyer ferme, il avait fini par quitter l'Etang des Saules pour reprendre le dépôt d'un vieux collectionneur rencontré par hasard.

« Et voilà. » avait-il conclu en attendant le verdict de son intrus, la tête basse, convaincu que ce commissaire était à la solde du système.

Tourette le rassura. Il n'était pas là pour cette fausse disparition, et même, il pouvait le comprendre. Le visage de l'arménien reprit des couleurs.

Tout en demeurant prudent, et suspicieux, le commissaire lui parla des scènes de crimes achetées par hasard sur une brocante. La réaction de l'arménien fut surprenante de sincérité. Il se rappelait très bien d'un lot de tirages ratés, soi-disant ramassés dans les poubelles de la police. En revanche, il les avait eu tels quels, aucun souvenir d'une boîte de Banania.

Les deux hommes se regardèrent longuement dans les yeux. Le jour s'amenuisait, ils flottaient dans une pénombre encombrée d'histoires invraisemblables.

– Je vous fais un autre café ? Ou autre chose.

– Monsieur Krikorian... dit-il finalement, je vous promets de ne révéler à personne votre existence, mais, j'ai besoin de votre totale et entière honnêteté...

– Honnête, je l'ai été toute ma vie. Mon père et mon grand-père aussi, chassés de leur pays par l'horreur. Et je ne parle pas que du passé. C'est bien simple, je n'ouvre plus la radio ni la télé. L'histoire c'est une toupie, en boucle, avec de plus en plus de bruits, de cris, de mensonges. Voyez-vous, je ne suis qu'un fils d'immigrés qui a travaillé toute son existence, tout ça pour que le système, la broyeuse de vie m'accule à la misère ?

– Certes. Mais… Votre voiture abandonnée, pour commencer, de quelle marque était-elle ?

– Une simple estafette qui traîne derrière la maison. Pourquoi ?

Tourette masqua sa déception, puis poursuivit.

– L'Etang des Saules, vous n'y êtes pas retourné depuis combien de temps ?

– Ouh la… Je sais même plus. Je dirais, cinq, six ans. Pourquoi ?

– C'est moi qui pose les questions monsieur Krikorian… Je vais vous montrer les photos. Vous me direz si vous les reconnaissez, et ce que vous en pensez.

Il étala les scènes de crimes factices qui l'avaient sorti de son apathique retraite : le ponton, la forêt, le coffre, le bois de bouleaux.

Il surveilla chaque pore du visage de son suspect. La réaction du vieux Krikorian ne se fit pas attendre. Sa tête plongea vers une des photos, comme s'il chutait dans un précipice.

– Merde alors… murmura-t-il, le nez à vingt centimètres du cliché.

Saisi par son attitude, Tourette ne trouva rien à dire. Son sang bouillait. Tout à coup, le barbu à béret se leva et disparut.

– Krikorian ?…

La voix du commissaire résonna. Après un long moment, son suspect revint, pâle, une photo à la main.

– Je vous ai dit que j'avais emporté aucun souvenir, mais c'est pas si vrai. Y'a des choses dont on ne peut pas se séparer. C'est bizarre même, surtout les choses qu'on voudrait pourtant oublier. Cette photo, je ne l'ai pas shootée exprès, mais c'est moi qui l'ai prise…

Il posa par-dessus la photo du ponton, une autre photo, dont la véracité était saisissante. Tourette pâlit à son tour. Son passé déferla dans ses veines. À rebours.

Sur cette photo : on voyait le jeune Kabir étrangler sa petite amie sur le même ponton que le héron.

8

Penchée au-dessus de leur partie de Cluedo, madame Rybak considéra Tourette avec agacement. Il reprit :

– L'affaire Kabir. Dire que je ne l'avais pas reconnue. Même Krikorian je l'avais effacé de ma mémoire. Pour moi il n'était juste qu'un témoin de plus dans une affaire de plus.

– Ne le prenez pas mal commissaire mais vous radotez… Bon. Le colonel Moutarde dans la cuisine avec la clé anglaise…

– Vous avez encore gagné.

– Et pourtant vous n'arrêtez pas de jacasser.

– Je vous ennuie avec mon enquête ?

– Votre enquête… Ça fait des semaines que vous vous torturez pour deux boîtes de Banania trouvées par hasard.

– Pas par hasard.

– Vous savez combien il doit y en avoir des boîtes comme celle-là, rien que dans notre immeuble par exemple ?…Tout ça s'invente dans votre tête de vieux têtu. C'est comme votre père réincarné en héron ! Mon Dieu pourquoi je continue à écouter vos fantasmagories ?

Se tenant la joue, la mâchoire contractée, il rangea le Cluedo du bout des doigts.

– Vous avez encore mal ?

Il inclina la tête.

– Ça fait quinze jours, faut faire changer votre pansement, si ça s'infecte vous allez déguster… Faites-vous soigner, et allez vous détendre à la pêche.

Il leva les yeux au ciel. Avec un soupir compatissant, elle tira vers elle le dossier Kabir.

– Alors comme ça, un meurtre, au bout du compte ça se termine avec quelques pages de texte ?… C'était ça votre travail ? Rédiger des rapports sur le dos des morts.

Elle s'interrompit, réalisant qu'elle était blessante.

– C'est pas ce que je voulais dire.

– Vous n'êtes pas loin de la vérité. Je cherche une aiguille dans une botte de foin qui n'existe pas…

Elle contempla l'ancienne pièce à conviction fournie par Krikorian : la photo montrait un jeune garçon en train d'étrangler sa victime.

Elle l'observa avec tristesse, puis après un instant de réflexion :

– Pourquoi Krikorian n'a pris qu'une seule photo ?

– Son témoignage de l'époque est dans le dossier…

Elle insista du regard.

– C'est un agrandissement. Il se trouvait loin lorsqu'il a pris cette photo sans le vouloir. Quand il a compris le drame qui se déroulait sur le ponton, le temps qu'il fasse le tour du lac, le garçon était en train de plier leur tente en catastrophe, paniqué.

– Les pauvres petits… Qu'est-ce qui a pu se passer entre eux, à leur âge, pour en arriver là ?

Elle se tut soudain, gagnée par l'émotion. Il s'en rendit compte et referma le dossier.

– J'arrête de vous imposer ces horreurs.

Elle le fixa droit dans les yeux comme un gamin qui avait fait une bêtise. Puis elle attrapa les photos plus loin sur la table.

– C'est quand même pas croyable que vous soyez tombé sur une photo du même ponton…

– Ah ! Vous voyez !

Tourette repartit comme en quarante, il enchaîna.

– Quand je lui ai soumis mon idée de trucages…

– La… *double-exposition* ? dit-elle, concentrée.

– C'est ça. Sur chaque photo, un élément a été rajouté en double-exposition. Comme si le photographe avait voulu disposer les indices d'un jeu de piste.

Son doigt pointa tour à tour la plaque d'immatriculation, le mannequin accroché au tronc, la fenêtre de la chambre, le héron.

– Comme un Cluedo ? Il faudrait faire le lien entre les éléments…

– Non, la coupa-t-il, je crois qu'on doit plutôt chercher quel lien chaque indice aurait avec l'affaire du ponton.

– Mais, ce héron… ? fit-elle, désorientée. Ou alors… Désolée de vous contredire, mais c'est peut-être moi qui ai raison commissaire. C'est par les scènes de crimes que vous devriez commencer. Les lieux. Vous avez trouvé le laboratoire secret dans ce mobil home, grâce à l'origine de la plaque. Ensuite le ponton. Vous vous êtes souvenu de cette affaire en revoyant ce… ponton. Il vous manque plus que le bois, et la chambre…

Elle ramassa la photo, en observa de plus près la fenêtre. Tourette se retint de rebondir, confiant en la curiosité candide de sa femme de ménage.

– En fait… dit-elle, un doigt au bord des lèvres. En fait, votre histoire de double-exposition, c'est comme un appartement qui donnerait sur deux côtés…

Le visage de Tourette s'illumina.

– Mais oui, vous avez raison. Par association d'idées : cette fenêtre que la double exposition a rendue trop lumineuse nous empêche de voir sur quoi elle donne. Alors… il faut peut-être s'imaginer dans cette chambre, et… se retourner…

– Vers la porte ?

– Le miroir, madame Rybak ! Le miroir de l'armoire ! Regardez, je suis sûr qu'en le grossissant on doit y voir le reflet plus contrasté de la fenêtre, et donc de la vue. Nous saurions peut-être où a été prise cette photo. Une loupe. Je sais que j'en ai une. Mais où…

Après un petit sourire compréhensif, elle se leva et sortit de la cuisine. Il entendit le tiroir de la console de l'entrée, puis elle revint avec sa bonne vieille loupe. Ils se penchèrent sur le rond déformant, épaule contre épaule. Il sentit ses cheveux lui caresser la joue mais ne réagit point. Tendus, ils devinèrent dans la profondeur du reflet, la silhouette reconnaissable de Notre-Dame qui dépassait des toits de Paris. À cette échelle on voyait clairement le trucage autour du miroir : la découpe floue du rajout en double-exposition.

– C'est bien ça ! cria-t-il, c'est l'indice ! Si j'inverse l'image dans ma tête, je peux imaginer de quel point de vue on aperçoit la cathédrale, et donc, de quel quartier, quel immeuble et quel appartement la photo complémentaire a été prise !

– Oui mais… c'est une photo du siècle dernier…

– Oui. Mais c'est une piste. Même si la photo est ancienne, le rajout est contemporain, regardez, sur les toits, les antennes de télévision…

Elle prit la loupe, approuva, puis attrapant son balai déclara :

– C'est pas très bien fait. Du travail d'amateur.

***

Il prit le TGV dès le lendemain. Trop rapide à son goût. Autrefois, le train était l'occasion de regarder défiler les paysages. Lassé d'examiner le plan de Paris autour de la cathédrale, il passa le trajet à observer les visages blasés des actifs, le nez plongé sur leurs écrans. Il finit par s'assoupir, jusqu'à ce que les haut-parleurs de la Gare de Lyon le réveillent.

À Maubert-Mutualité, saoulé par la foule, il eut envie de gravir les marches de la bouche de métro deux à deux, mais la douleur lancinante de sa molaire l'en empêcha. Trop de monde indifférent sur son chemin. La colère déferlait en lui, mais les mots ne venaient pas. Était-il en rémission ?

– Sac à vin ! jeta-t-il à la face d'un pauvre péquin.

L'homme le contourna avec pitié. Honteux, le commissaire se fondit dans la masse qui attendait au feu. Les vues en perspective de Google l'avaient aidé à trouver l'angle probable de la photo. Après avoir traversé, il se retourna. Impossible au niveau du sol d'apercevoir Notre-Dame. Pourtant il la savait là-bas, dans le bon axe. Il chercha l'immeuble qui pouvait correspondre.

« Pauvre fou. » continuait de lui murmurer sa raison.

Et soudain, stupéfait, alors qu'il errait d'un pas d'échassier, il tomba en arrêt au milieu de la ruelle. Devant lui se dressait un petit bâtiment gris : le Musée de la Police.

Le sang de son intuition ne fit qu'un tour. Il s'y précipita, acheta son billet et monta directement visiter les salles du dernier étage. Après une enfilade de vitrines pleines d'objets liés aux balbutiements de la police scientifique, il se sentit parcouru de frissons saisissants, car il se trouva projeté au cœur de sa mystérieuse photo.

Il s'agissait de la reconstitution d'un drame passionnel. La scène de crime factice était à l'identique de la photo de l'époque. Il se balada de la table au lit, où gisait le fameux mannequin, et de la fenêtre au miroir de l'armoire. Médusé, il dévora le texte d'information affiché à l'entrée. Cette histoire était une célèbre erreur judiciaire. Des années après les faits, la police scientifique avait prouvé l'innocence d'un jeune homme que tout accusait. Mais trop tard, car, victime de cette injustice, il avait été décapité.

Blême, Tourette s'approcha de la fenêtre, le visage inondé de lumière, les yeux clignant face au vide. Comment ne pas accepter ce qui n'était plus un raisonnement hasardeux, mais, en filigrane, une suite de correspondances parfaites. Un sens émergeait à la surface des scènes de crimes : tout le ramenait au ponton. À la possibilité d'une erreur judiciaire. À partir de cet instant, il eut la certitude que quelqu'un, ou la providence, le poussait gentiment à reconsidérer son affaire de l'époque. Une seconde, l'idée d'une vengeance morbide le traversa. Une vive douleur souligna cette pensée. Il plia brusquement la tête sur le côté, la joue blottie dans sa main. Son gémissement résonna dans le musée désert. Il eut été plus sage de foncer chez un dentiste, mais au lieu de cela, il prit une décision invraisemblable. Puisqu'il était à Paris, il pouvait demander un permis de visite au directeur de la prison où le jeune Kabir, assassin présumé et mutique du ponton, croupissait depuis quinze ans. D'homme à homme, loin des regards et des jugements, il saurait peut-être le faire parler.

***

Après une nuit dans un petit hôtel bon marché, à ruminer sa dent et ses interrogations, l'autorisation lui parvint.

Comme autrefois, le voilà qui franchissait gravement les grilles successives, au son des serrures électriques, saluant les gardiens avec une tête de commissaire en exercice. Les sensations restaient les mêmes. Passer du temps dans les couloirs, les parloirs qui résonnaient de cris lointains et claquements de portes, ne lui avait jamais été agréable. Un flic dans une prison est comme un lapin dans un relais de chasseurs. Les détenus le reniflent de loin, chaque regard entraperçu transperce.

Quel genre d'homme était devenu le jeune Kabir ? Après un coup d'œil au registre des visites, il constata qu'il n'en recevait aucune depuis des années, et refusait même tout visiteur de prison. Selon les gardiens il passait ses journées la tête dans les livres. Il ne parlait à personne, n'ouvrant la bouche que pour le strict nécessaire. Après avoir parlementé avec le responsable, Tourette obtint qu'on lui annonce une convocation et non une visite. Une demi-heure plus tard, la porte du parloir s'ouvrit. Le criminel qui avait une tête d'innocent entra.

Kabir était un grand échalas au teint privé de soleil. Les yeux clairs, le visage dur, il avait un air nordique ou peut-être russe. En dépit de sa hauteur, tout en lui tombait vers le sol. Sous ses paupières sphériques entrouvertes, il observa son visiteur inconnu un moment, restant sur le seuil.

Tourette décida de prendre le taureau par les cornes.

– Bonjour Alexandre. Je suis le commissaire Tourette. Vous m'avez sans doute oublié, nous nous sommes très peu vus. Bref. J'étais… Je suis venu parler un peu avec vous. Du passé… et qui sait… de votre avenir.

L'employé pénitentiaire le poussa poliment dans la pièce et referma la porte. Tourette posa ses documents sur la table puis s'avança pour serrer la main. Le prisonnier la lui prit sans le regarder. Tourette vit qu'il fixait le dossier. Ses yeux s'entrouvrirent lentement, ranimés d'une très lointaine lueur d'espoir. Il dévisagea le commissaire et s'assit docilement, ses doigts fins aux ongles rongés à plat sur la table. Tourette s'installa en face de lui et chercha ses mots, car à présent, l'étrange torpeur empreinte d'une fausse sérénité de cet homme le glaçait. Si Alexandre était réellement innocent, comment se relèverait-il d'un tel traumatisme ? Il aurait bien du mal à le faire parler. Mais contre toute attente, l'autre dit soudain :

– Je me souviens de vous.

Il parlait doucement, sa voix était enrouée, comme rouillée, on sentait qu'il peinait à articuler.

– C'est vous qui êtes venu m'arrêter.

Difficile de discerner un sentiment clair dans son intonation. Il en eut le cœur serré, sa voix remontait des profondeurs, d'une grotte où la rage, la rancœur, le désespoir, hibernait depuis quinze ans.

– On m'a oublié dans ce cul de basse fosse. Même ma mère m'a renié. Il faut que ce soit vous, mon bourreau, qui veniez me déranger dans mon cauchemar ?

Surpris par la grâce de son élocution, Tourette se racla la gorge en tripotant le dossier. Maintenant que le regard d'Alexandre s'était ouvert, fervent, mais plein de rancune, le commissaire se sentit obligé de passer aux aveux.

Sans entrer dans les détails de son incroyable histoire de boîtes de Banania, il expliqua qu'il n'avait pas peur de finir sa carrière sur une erreur judiciaire.

Après que son visiteur eût soliloqué longuement, Alexandre desserra de nouveau les dents.

– Apolline était encore vivante sur cette maudite photo, dit-il, les yeux dans les yeux.

– Oui, justement… Mais se contenter de clamer votre innocence n'a jamais servi à rien face à la justice.

– Pourtant commissaire, je suis innocent.

– Alors pourquoi tu te tais bordel à queue ! Tu vas te sortir les doigts du cul oui ou merde ! Résidu d'inceste ! Chevalier du fion !

Sidéré, Kabir recula sur sa chaise, les yeux écarquillés, observant le vieux bonhomme penché vers lui, les mains crispées au rebord de table. Son corps bougeait très peu, comme pris d'une crampe intérieure. La cascade d'injures se déversait, bien que son regard implorât le prisonnier d'intervenir pour lui couper la chique.

– Cul de babouin ! Balai à chiottes ! Sauce de prout ! Pourquoi je me donne tant de mal selon toi ? T'es pas mon fils, t'es rien, un rien du tout, tu mérites de crever entre ces murs si tu continues à te taire ! Tu vas l'ouvrir ta gueule de menteur ! Arracheur de dents !

Le visage d'un gardien inquiet se montra à la porte. Tourette s'affaissa d'un coup, confus, se tenant la joue en grimaçant. Alexandre fit signe que ça allait.

– C'est pas votre vrai nom Tourette alors… dit-il, ironique, un rien complice.

En sueur, Tourette ne releva pas. Il prit le dossier et le tassa plusieurs fois sur la table.

– Désolé…. Si tu préfères rester cloîtré derrière le mur d'une soi-disant innocence, je ne peux rien pour toi mon gars. Comme dit une amie à moi : je ferais mieux d'aller à la pêche.

Il se leva et fit mine de sortir, tactique lourdingue qu'il avait utilisée si souvent. Alexandre vint le saisir par le bras.

– C'est ma mère qui vous envoie ?…

Tourette reçut le message cinq sur cinq. Le regard n'était plus le même, soudain débarrassé des strates qui étouffaient sa vérité intérieure. Des larmes envahirent ses traits. Embarrassé, le commissaire essaya de se dégager, mais les doigts du condamné étreignaient son avant-bras.

– Chaque matin en ouvrant les yeux, je prie pour qu'elle revienne. Au début elle était là toutes les semaines. Elle respectait mon silence, mais elle promettait qu'elle allait se battre pour la vérité. Et puis il y a trois ans, d'un coup, elle n'est plus venue. J'ai reçu une simple carte postale, incompréhensible. Elle me disait qu'elle voulait tourner la page, partir vivre avec un homme en Belgique, et qu'elle n'avait jamais osé me dire qu'elle ne supportait plus l'idée d'avoir un fils assassin…

Sa bouche tremblait, la morve au nez. Ce déchirement, cet abandon, cette injustice, était donc la cause du renoncement qui émanait de lui. Mais perdre l'amour de sa mère était incomparablement plus injuste que l'emprisonnement.

– J'ai tenté de l'appeler, même le directeur. Elle a toujours refusé de reprendre contact.

– Et… Et si moi j'allais la trouver, si je la ramenais ; à elle, tu parlerais ? Si j'arrive à faire rouvrir le dossier. Tu accepterais d'essayer de prouver ton innocence ?

– Au contraire ! gémit-il en s'agitant dans les larmes et la douleur. Au contraire, à elle plus que personne, je n'ai jamais pu me livrer. J'étais son grand garçon, elle était fière de moi, elle m'a élevé seule, vous captez ? J'ai jamais connu mon père. Elle ne m'en a jamais rien dit. J'étais son homme, son espoir, sa joie. Mais je lui mentais. Je n'ai jamais pu lui dire qui j'étais vraiment au plus profond de moi. J'avais trop honte. Même après la mort d'Apolline, et... Non...

Il essaya de reprendre son souffle, le regard possédé.

– Dès mon inculpation, j'ai décidé de me taire pour ne pas la blesser. C'est devenu encore pire. Je ne comprenais pas ce qui m'arrivait, je me suis enfermé dans ce mensonge. C'est ma mère qui m'a appris à jamais céder, garder le cap, savoir se sacrifier pour ce qui nous tient à cœur. Alors voilà. Je suis là, sans elle. Je me meurs car je me suis nié mon droit à la vérité.

Le visage raviné par des cernes impressionnants, il fixait sa main, toujours accrochée à son visiteur, mais son regard s'était tu.

– J'abandonne, murmura-t-il simplement.

Tourette se détacha doucement.

– Qu'est-ce que je peux faire ?

– Rien. C'est trop tard. Vous n'auriez pas dû venir. Même si j'avais parlé à l'époque, même si vous aviez été au bout de votre enquête, même si je vous le disais maintenant, vous ne me croiriez pas…

– Essayez…

– Ils sont morts à cause de moi. Ça fera toujours de moi un coupable. Barrez-vous !

Brusquement Alexandre Kabir le repoussa vers l'entrée. Surpris par la force du malheureux, Tourette trébucha à reculons en se débattant. Ils se mirent tous deux à crier et butèrent violemment contre la porte. Aussitôt les gardiens surgirent pour maîtriser leur prisonnier devenu fou, tandis que le commissaire se relevait, fuyant dans le couloir, stupéfait et découragé. Avant que la porte ne se referme, il croisa le regard tourmenté d'Alexandre, mais dans cette fureur incontrôlable, il aurait juré que celui-ci le suppliait quand même de le sauver.

***

Avant de partir, il interrogea quelques gardiens afin d'en savoir plus sur ce revirement brutal d'une mère dont le fils est en prison. On lui dépeignit une bourgeoise au fort caractère. Personne n'avait oublié cette blonde qui avait les mêmes yeux bleus que son fils. Bien charpentée mais soignée, elle arborait toujours des bijoux voyants. Le secrétariat n'avait pas son adresse mais un numéro de téléphone.

Sur le parking, il tomba sur son répondeur et lui laissa un message poli, plutôt officiel. Alors qu'il raccrochait, fermement décidé à se rendre en Belgique sur les traces de cette mère indigne, son téléphone sonna. C'était la voix grave du vieux Krikorian.

– Commissaire, j'ai regardé de près les photocopies des photos que vous m'avez confiées. Faut que vous veniez me voir.

***

Le lendemain, dans sa salle de bain-labo du premier étage, Krikorian démontra ce qu'il avait découvert. Lassé de scruter les détails des photos agrandies, il avait fait toutes sortes de tests optiques. À force, il s'était rendu compte que l'emplacement des mystérieux numéros de bords factices était positionné sur le même axe horizontal, à chaque fois un peu plus décalé.

– Non commissaire, pas une double exposition. Voyez-vous, j'ai procédé à une quadruple exposition…

– Sur votre ordinateur ?

Krikorian ricana pour lui signifier à quel point cette question était absurde. À l'aide de caches, sur un banc-titre de fortune, il avait photographié le numéro de bord des quatre photos puis les avait réunies en un seul négatif. À présent, le tirage de cette superposition flottait dans le bain du révélateur.

– Vous allez voir ce que vous allez voir… fit-il en gloussant.

Tourette ne s'attendait à rien d'autre qu'une suite de chiffres. Il observait le profil anguleux, rouge de lumière inactinique, de l'arménien porté disparu. Il se demanda s'il n'avait pas été naïf de prendre pour argent comptant ce que le vieux roublard racontait. Après tout, même si la photo du ponton montrait une dispute violente, seuls Krikorian et Alexandre savaient ce qui s'était passé entre cet instant précis et la mort de la jeune fille. Le cliché n'était pas horodaté, Krikorian pouvait très bien l'avoir pris à un autre moment.

– Et voilà, dit ce dernier en sortant la feuille du fixateur.

Il la suspendit à la cordelette.

– Vous pouvez rallumer.

Tourette leva le nez vers la photo d'un air renfrogné.

– Vous voyez comme c'est minutieux : des numéros bavent un peu, c'est parce qu'une fois que j'ai remarqué que certains étaient les mêmes en début ou fin sur chaque bord, je les ai superposés. Vous comprenez le principe ?

– Merde alors. J'aurais pu le voir plus tôt… Ce sont des coordonnées.

– Tant qu'ils n'étaient pas chevauchés ça faisait trop de chiffres pour qu'on pense à des coordonnées.

– Je les note pour les rentrer dans le GPS.

– Inutile… C'est fait…

– Alors ?

Krikorian soupira, le regardant d'un air entendu, comme si ça devait être évident.

9

Coincé dans un bouchon sur l'A7 en remontant vers Lyon, Tourette se sentit envahi par une grande confusion. Des éléments convergeaient sans pour autant l'éclairer. Les coordonnées GPS étaient bien sûr celles du ponton de Kabir, du héron, du meurtre d'Appolline, du mystère. Il lui suffisait de trois heures de route. Que devait-il faire ? En profiter pour étrenner sa canne à pêche ? Rouler d'abord jusqu'en Belgique en espérant avoir des nouvelles de l'inspecteur qui lui avait promis de lui communiquer l'adresse de la mère ? Retourner cuisiner Alexandre, avec le risque de l'enfoncer dans son désespoir ? Ou aller chez le dentiste ?

La secrétaire au téléphone ne put lui donner un rendez-vous que le surlendemain. Il raccrocha en grognant. La circulation se fluidifiait. Il décida d'aller faire un point avec son estomac au Grand-Zinc. Il y croiserait peut-être la petite commissaire.

***

Une lumière rose et cuivrée réchauffait les pentes de la Croix-Rousse. Il se gara volontairement un peu loin pour marcher. Mais le Grand-Zinc était bondé, même un freluquet n'aurait pu se glisser au comptoir. René, désolé, lui proposa un sandwich-rillettes-cornichons. Tourette patienta en guettant la commissaire en vain, puis après un salut de la main, sortit rejoindre son banc qui dominait la ville. Il s'assit à côté d'un couple d'ados qui se pelotaient sans vergogne. En entendant leur voisin gémir, ils s'interrompirent, surpris. Il leur fit signe que ses dents le punissaient d'avoir mordu dans son pain. Du bout des doigts, il extirpa des lambeaux de rillettes et les savoura en les écrasant avec la langue contre son palais. Il avait besoin de réconfort. Cette affaire l'accaparait, lui redonnait un peu de jeunesse, mais le vidait. Erreur judiciaire ou pas, il tournait en rond, se sentait impuissant. Il s'enfonçait malgré lui dans un marasme qu'il n'aimait pas du tout. Comme un vieux, il jeta des miettes aux pigeons et le restant à la poubelle.

De retour chez lui, il ne s'attendait pas à trouver madame Rybak à cette heure-là. Elle s'était endormie dans le Voltaire du salon, prête à partir, son sac sur les genoux. Cela lui fit tout drôle, de rentrer dans une sorte d'ambiance de couple. Il n'osa pas la réveiller tout de suite et profita de sa présence. Soudain elle ouvrit un œil. Confuse, elle s'excusa, lui expliquant qu'elle l'attendait pour avoir des nouvelles.

– Avec vos histoires à force je dors plus vous voyez.

– Je ne savais pas.

– J'arrive même plus à lire un bouquin. J'ai besoin de savoir maintenant. Comment il va ?

– Pardon ?

– Ce pauvre garçon. Qu'est-ce que vous croyez ? Je fais le ménage mais j'ai un cœur. À cause de vous je sais qu'il existe. En plus vous m'avez convaincue qu'il pourrait être innocent. Toutes ces années enfermé dans quelques mètres carrés… Pour rien… C'est une torture non ? On ne peut pas rester sans rien faire. Alors ? Vous l'avez-vu ? Qu'est-ce qu'il vous a dit ?

– Allez, je vous sers un whisky.

– Volontiers.

Elle s'humecta les lèvres au bord du verre, puis après réflexion, but une vraie gorgée. Tourette lui raconta tout dans le détail, prenant la peine de faire des pauses, afin d'être sûr qu'elle n'en perde aucune parcelle. Était-ce l'effet de l'alcool ? Elle serrait son verre dans ses mains, les yeux ronds, hochant parfois la tête puis murmurant : « Incroyable… »

Enfin, une fois au bout, ayant confié ses doutes, ses remords, son incompréhension au sujet de l'attitude étrange de la mère, l'absence de réaction aux messages qu'il avait laissés sur son répondeur, il se décida à boire cul sec. Puis il se recula dans le fond du canapé, scrutant le regard perplexe de sa muse de ménage, comme si elle avait le pouvoir de tout dénouer d'une remarque.

– Qu'est-ce que vous allez faire maintenant ?

– J'en sais rien. Je voulais faire une sorte de… rapport, à cette commissaire. Mais sans la moindre preuve de quoi que ce soit, elle va me rire au nez.

– Pourquoi vous y allez pas voir ce ponton ? C'est là que tout s'est passé. On ne sait jamais…

Elle manifestait un espoir sincère, il en fut touché.

– Bien sûr. Je dois y aller, vous avez raison. Même sans avoir trouvé ces coordonnées j'y serais retourné. Forcément. Je partirai demain.

– Très bien. Je vais vous préparer un Tupperware.

Elle se leva mais il la rattrapa par le bras.

– Non, rentrez chez vous, j'ai abusé de votre temps.

Elle se raidit soudain en le considérant férocement.

– Je vais vous faire une salade de riz, ça tient au corps.

Trop tard, elle filait dans la cuisine. Embarrassé, empoté, il la rejoignit avec les verres qu'il rinça dans l'évier. Debout devant la cuisinière, toujours en manteau, elle avait l'air ailleurs, grave, regardant bouillonner le riz dans l'eau. Savait-elle qu'il la regardait ? Feignait-elle l'indifférence ? Il avait envie qu'elle reste là. Ils auraient pu manger ensemble, continuer à parler. Puis soudain, alors que c'était lui qui était ailleurs à présent, c'était elle qui l'observait, impassible. Il lui tendit son sac à main avec autorité.

– Je sais faire du riz madame Rybak. Ne vous en faites pas. Vous me semblez fatiguée, rentrez vous reposer. Essayez de dormir. Je vous promets de faire de mon mieux demain.

– Vous n'avez pas peur ?

– De quoi ?

– D'aller là-bas…

Il sourit en agitant la tête et la raccompagna à la porte. Ensuite il revint couper le feu sous le riz et alla se resservir dans le salon. Il n'aurait pas envie de dormir. Il étala une fois de plus ses scènes de crimes sur la table basse et s'y abîma, verre après verre.

Tard dans la soirée, la sonnerie du téléphone le réveilla. La lueur des réverbères de la rue scintillait derrière les rideaux. Il avait glissé sur le côté comme une vieille loque. Sans trop bouger, il se tordit pour extraire le portable de sa poche et décrocha en restant allongé sur le flanc.

– Commissaire Tourette, répondit-il d'une voix faible.

– Bonsoir commissaire, je vous prie de m'excuser d'appeler aussi tard, mais comme vous êtes venu rendre visite à Alexandre Kabir il y a quelques jours, j'ai cru bon de devoir vous prévenir.

Il reconnut le directeur de la Santé. Le ton était solennel, il se redressa lentement, l'œil fixe.

– Oui ?…

– Notre prisonnier a profité de l'absence de ses co-détenus à la promenade pour mettre fin à ses jours.

Il y eut un silence des deux côtés. Puis Tourette se racla doucement la gorge.

– Ah…

C'est tout ce qui sortit de sa bouche. Il était atterré, blessé, mais par une sorte de pudeur administrative refusait que le directeur s'en aperçoive.

– Et…

Mais non, il ne rajouta rien. Car il avait envie de gueuler. Dans le fond, c'était sa putain de faute si ce petit connard de morveux avait cessé d'y croire.

– Il s'est donné la mort par pendaison. C'était un instable, un écorché vif. Les gardiens l'avaient à l'œil depuis son esclandre, mais ils sont arrivés trop tard.

– Je suis désolé, dit-il enfin.

– Nous le sommes tous lorsque ce genre d'évènement se produit en incarcération… Mais je vous appelle aussi parce qu'il vous a laissé une lettre…

– À moi ?

– Oui, à votre nom. Vous voulez que je vous la scanne avant de vous l'envoyer ?

– S'il vous plaît… Et sa mère, vous avez pu la prévenir ?

– Oui, cet après-midi, répondit le directeur.

– Comment elle l'a pris ?

Il devina que son interlocuteur était surpris. Après un moment d'hésitation, il conclut.

– D'abord elle n'a rien dit. Alors j'ai voulu aborder les questions… pratiques, mais j'ai entendu qu'elle commençait à pleurer, et elle a raccroché. Je la rappellerai demain. Au revoir commissaire.

Tourette laissa le poids de sa tête le tirer en arrière, s'enfoncer dans l'arête molle du dossier. Il ne s'était jamais senti aussi seul. Depuis combien d'années n'avait-il pas pleuré ? Ou plutôt, depuis quand n'avait-il pas eu une sérieuse raison de pleurer, comme un enfant, entraîné dans les profondeurs de sa respiration ? Contemplant dans la pénombre ses alignements de collectionneur amateur, il laissa l'émotion monter en lui, piquant ses yeux, serrant sa gorge, et il pleura.

***

Le lendemain matin, Tourette fut réveillé par le bruit de la porte d'entrée. Il extirpa sa carcasse gémissante du canapé. Le cervelet pulsant douloureusement de l'abus de whisky, il ne se souvenait pas avoir rêvé cette nuit. C'était comme s'il venait de raccrocher.

L'annonce du suicide d'Alexandre criait toujours en lui. Il se dirigea vers la cuisine, pensant y trouver madame Rybak. Comment allait-il lui communiquer cette triste nouvelle ? Un Tupperware, des couverts et une serviette en papier étaient posés sur la table. Cette prévenance forcenée à son égard lui fit du bien. Mais ni son manteau ni son sac n'étaient dans l'entrée. Il comprit qu'elle n'avait fait que passer, sans doute fâchée par ses remarques de la veille. Sans prendre la peine de faire un brin de toilette, il se fit un café en rôdant autour de sa salade de riz. La pendule indiquait dix heures. En roulant bien, il pouvait arriver au ponton un peu avant midi. La frustration prenait le dessus sur la tristesse de cette nuit. Si Alexandre était innocent, réparer son erreur judiciaire devenait inutile. Ce parfum d'échec et d'inachevé l'accompagnerait désormais, à moins d'aller là-bas comme prévu, une sorte d'hommage, ou pèlerinage. Et d'ailleurs, cette lettre envoyée par mail, une fois imprimée, il l'avait glissée dans une enveloppe sans oser la lire dans la foulée. Elle contenait peut-être d'inutiles aveux. Il attendrait d'être sur le ponton pour l'ouvrir. Puis il songea avec cynisme qu'il allait en profiter pour s'offrir la première partie de pêche de sa vie. Sans honte, il fonça prendre des vêtements adéquats, puis attrapant son Tupperware, se mit en route.

***

Il n'alluma pas la radio une seule fois, souhaitant résolument flotter dans un état de recueillement. Baignant dans sa transpiration de la veille, il ignora la fatigue du trajet, écoutant la voix monocorde du GPS. La lettre d'Alexandre était posée sur le siège passager. De temps en temps il lui jetait un regard, mais aucune intuition n'éclaira son voyage.

Vers treize heures, affamé, il roulait au cœur du Jura, enchaînant les petites routes en serpentin bordées de parois de pierre grise. Les souvenirs affluaient. À l'époque on l'avait envoyé malgré son état de fatigue. Il était focalisé sur son opération dont la date approchait. On lui avait parlé d'un jeune couple venu camper en amoureux au bord d'un petit lac. Il se rappelait de l'endroit désertique, loin de tout. Une vague grange délabrée, un pré verdoyant, une petite langue de sable et le ponton de bois sombre. Le lieu était idyllique, mais d'une manière ou d'une autre, avait engendré un meurtre. Il ne portait pas de jugement, lui-même n'ayant jamais vraiment vécu en couple.

Aujourd'hui, pas le moindre héron. Peut-être l'attendait-il sur le ponton ?

10

Tourette demeura plusieurs minutes immobile dans sa voiture. Le moteur brûlant cliquetait doucement. Il entrouvrit la fenêtre pour rafraîchir l'atmosphère confinée de l'habitacle. Avant de se décider à descendre, il contempla de nouveau le paysage. Rien n'avait bougé. Figé dans un silence quasi monacal, le petit lac frémissait, de frêles ridules venant mourir autour des pieds du ponton. L'herbe du pré était haute, peuplée de fleurs des champs séchées par le soleil. La grange se dressait plus loin, un de ses côtés s'affaissait sur lui-même mais le toit avait tenu. Un lieu paisible et réconfortant. Il comprit pourquoi les deux jeunes étaient venus camper ici.

Il s'avança au bout du ponton, fixa le reflet de sa silhouette dans l'eau. Là, il se recueillit, bouleversé par le suicide d'Alexandre. Ensuite, la lettre dans sa poche, il marcha un peu sur les berges, d'un côté du ponton puis de l'autre, surveillant machinalement la rive comme si les évènements venaient juste de se produire. Soudain, derrière une touffe de joncs, il sentit bouger une ombre blanche… Il s'agenouilla, à l'affût, et regretta de ne pas avoir d'appareil photo. À quoi bon les collectionner si c'était pour se retrouver les mains vides le jour où la réincarnation de son père apparaissait. Le héron fit un pas, avec précision. Des cercles d'ondes s'élargirent autour de sa silhouette. Il ne semblait pas effarouché, la tête à peine tournée dans sa direction. Ému, le commissaire se demandait si l'oiseau allait s'envoler pour se poser sur le ponton. Mais il plongea d'un coup net son bec et remonta un poisson qui s'agitait en miroitant. Fasciné, il admira l'efficacité du geste, sorte de meurtre parfait. Le héron déploya ses ailes, si fort que le courant d'air parvint jusqu'à lui, puis il s'éleva à quelques mètres au-dessus de l'eau et s'éloigna. Il le suivit du regard avec regret, jusqu'à ce que le petit point blanc disparaisse dans le ciel.

Le pas pesant, lourd de vague à l'âme, il s'en retourna au ponton où l'attendait son matériel. Mais avant de se lancer dans l'expérience de la pêche, il tomba la veste et se jeta voracement sur la salade de riz. Elle était trop cuite, amère, mais il n'en laissa rien. Enfin, alors que le soleil chauffait sa nuque, assis une épaule appuyée à l'antique échelle de plongée, il essaya de se souvenir des nuits passées à somnoler devant d'interminables reportages sur la pêche à la mouche.

Le combat avec le moulinet dura, le fil de nylon, l'hameçon, les petits plombs en serpentin s'accrochaient partout. Finalement, après s'être énervé copieusement, sur le point d'abandonner pour lire la lettre, il tenta une dernière fois. L'index retenant le fil, bien en appui sur ses jambes, il effectua une rotation du bassin en donnant un coup de poignet sec mais puissant. Fier de son geste parfait, il suivit des yeux la ligne volant au-dessus de l'eau. Elle retomba à une dizaine de mètres. Excité comme un gosse, il s'appliqua à mouliner pour la tendre doucement. Puis il se figea dans la position du pêcheur penseur, concentré sur la tension du fil.

Les premières minutes, il se sentit merveilleusement bien, indifférent au fantôme de la jeune fille qui fut étranglée ici même. Une demi-heure plus tard, des fourmis dans les jambes, la fatigue de la route et de la digestion l'accablait. Il décida de s'asseoir, jambes pendantes dans le vide, la pointe des pieds effleurant la surface du lac. Il savait fort bien que sans appât il n'avait aucune chance, sinon celle du débutant. Il avait déjà connu ce genre de situation, de sentiment d'impuissance, d'inutilité ; mais parfois, la providence avait fait émerger une preuve. Un bâillement tordit ses traits. Des cernes se creusaient sous son regard éteint. Il hésitait à ramener sa ligne, mais l'effort lui parut trop grand. La canne pendait mollement entre ses mains. Il avait juste envie de s'étendre à même le bois pour piquer un roupillon, le visage blotti dans sa veste roulée en boule. La lettre… Allait-il la lire enfin ? Si Alexandre y confessait son meurtre, il ne se sentirait pas mieux pour autant. Mais si ses dernières volontés prouvaient son innocence, aurait-il le courage de faire valoir l'erreur judiciaire posthume ?

Courbaturé, laminé par ses pensées, Tourette piquait du nez. Sa silhouette courbée s'arrondissait sur elle-même. Les yeux mi-clos, il soupira en bâillant de nouveau. À la limite du plafond de son champ de vision, il aperçut le long trait blanc du héron survolant le lac. Gagné par un irrésistible sommeil, il crut ensuite percevoir au loin le ronronnement grave d'une voiture. Il se sentit ridicule, si des promeneurs le surprenaient dans cette situation. Prenant conscience qu'il s'endormait pour de bon, il se redressa, de toute sa volonté, mais la canne lui échappa des mains.

– Saloperie de retraite, ronchonna-t-il, débile profond, fantôme de flic, pauvre type sans cœur…

Le manche et le moulinet étaient coincés dans les barreaux de l'échelle. Il se pencha, le bras plongé dans l'eau et tira sans réfléchir.

Sous son poids, les fixations rouillées cédèrent. Il bascula lourdement dans le vide.

Le choc du lac le réveilla, en panique, comme enroulé dans des draps mouillés de froid. Il barbota sottement sans comprendre tout de suite ce qui lui arrivait. Ses jambes fouettaient le fond de l'eau, cherchant à prendre pied. Une vase épaisse remonta en se collant à ses vêtements. Le ponton lui paraissait trop haut. Il voulut s'essuyer les yeux, l'eau sale et piquante lui arracha des grognements, et il but la tasse. Où était cette putain de rive ? Aveuglé, battant lamentablement des bras, il se dirigea vers la lumière. Mais le fil de nylon s'était emmêlé à ses pieds.

Déjà à bout de forces, Tourette tenta d'atteindre ses chevilles avec ses mains. Son corps vrillé ne produisit qu'un déséquilibre qui lui replongea la tête sous l'eau. La canne, coincée à présent sous l'échelle tombée au fond du lac, le retenait. Avec une rage désespérée, il demanda pardon, il implora en silence de ne pas sombrer corps et âme. Alors, penser à la lettre lui rendit brusquement de l'énergie. Il devait se sortir de là pour savoir. Il donna un coup de reins, s'immergea volontairement en cherchant le fil de pêche autour de lui. Saisissant la section en tension, il essaya de la couper d'un coup de machoire. Manquant d'oxygène, il dut s'y reprendre à plusieurs fois, remontant à la surface sans lâcher le fil, replongeant tel un pêcheur d'éponges. Le nylon était plus résistant qu'il ne pensait. Serrant ses mâchoires de toutes ses forces, faisant grincer ses dents sur le fil, il niait la douleur insupportable de sa molaire. Enfin, le lien céda.

Désorienté dans l'épais nuage de vase qu'il avait provoqué, il distingua les piliers du ponton et décida de s'en servir pour rejoindre la berge. Il s'agrippa au premier, se hissa la tête hors de l'eau pour reprendre son souffle. Le bois moussu glissait. Il y planta ses ongles et se lança jusqu'au suivant. Peine perdue, le bas de son pantalon avait dû s'accrocher à un morceau de ferraille. Stoppé dans son élan, il se laissa descendre furieusement pour le dégager mais une vision horrible le figea.

Le nuage de bulles expulsées par son nez et sa bouche lui chatouillait le visage, mais son regard expérimenté avait immédiatement identifié la forme : l'aspect immonde d'un cadavre.

Il remonta prendre de l'air, à la fois épouvanté, sidéré, mais galvanisé. Il resta sans bouger, se retenant du bout des doigts au rebord du ponton, attendant que la vase retombe, afin d'y voir plus clair. Il refit une plongée pour observer le tableau de cette soudaine scène de crime sous-marine. Pas de photo factice, mais la réalité la plus crue : la dépouille d'un jeune homme était figée telle une statue de cire, retenue sous le ponton par des parpaings. L'exemple parfait d'un phénomène d'adipocire. Tourette n'y avait jamais été confronté mais se souvint de ses cours. Au fil du temps, l'environnement humide entraîne une transformation des corps gras sous-cutanés. Bien que mordillée par la faune aquatique, une substance savonneuse, blanc grisâtre, avait préservé les tissus mous du processus de putréfaction. Seule une autopsie approfondie pourrait dater la mort, mais il était évident à présent que la confession écrite d'Alexandre lui en dirait plus.

Un pilier après l'autre, il parvint sur la rive, rampa, roula sur le dos pour s'éponger au contact de l'herbe. Il se mit à genoux avec peine, vit qu'il avait perdu une chaussure dans la bataille, se redressa, dégoulinant dans la lumière de fin de journée. À l'époque personne n'avait pensé à draguer le lac. Rien ne le justifiait, ils avaient une victime, un témoin, une preuve et un coupable.

D'une démarche empesée, laissant des empreintes spongieuses, il retourna sur le ponton et se jeta sur la lettre. Frissonnant, les mains visqueuses, il ouvrit l'enveloppe en tremblant. Il y trouva deux feuillets qui lui étaient adressés à « lui et lui seul ».

Secouant la tête pour s'égoutter, il écarta la lettre pour ne pas la mouiller. Une frange plate de cheveux verdâtres plaquée sur son front rebiquait au niveau des sourcils. Il reniflait régulièrement, marmonnant à voix basse ce qu'il lisait.

Alexandre lui confiait la raison de son silence. Il livrait sans fioritures le déroulement de ce jour-là. Très vite, Tourette reconnut le processus habituel des drames passionnels, mais l'enchaînement imprévisible des évènements était un cas d'école. Il comprenait pourquoi le garçon n'avait ni eu le courage d'avouer son secret à sa mère, ni de raconter la vérité ; qui aurait pu le croire ? Il avait préféré se laisser accuser de ce qui était évident aux yeux de tous. Ensuite, comme il le lui avait dit au parloir, pris dans l'engrenage de son mensonge, il avait fait le choix de gâcher sa vie.

Le visage ruisselant de Tourette était envahi de larmes. Le dépit, la colère, la surprise, l'épuisement qui s'abattait de nouveau sur lui, le submergeait. Puis, alors que le soleil descendait derrière la grange, il rangea la lettre, transi de froid, décidé d'en finir avec tout ça de la manière qui lui paraissait le plus digne. Heureusement, son portable était resté dans sa veste. Il souffla sur ses doigts pour les réchauffer puis chercha le numéro de la mère d'Alexandre. Il lui devait la vérité, quitte à passer, lui, pour coupable d'avoir mal fait son métier.

Il composa, attendit, les yeux clos, presque serein. Après ce bain forcé, il avait du mal à tenir solidement debout. Il rouvrit les yeux, vit le ponton et le lac qui vacillaient lentement. Il se racla la gorge, cherchant ses mots. La sonnerie retentit longuement. Allait-elle répondre ? Mais, tournant sur lui-même, il se rendit compte qu'elle ne venait pas de son appareil, mais de la grange.

Frappé par un coup au cœur, son téléphone lui échappa. L'appel s'interrompit, mais il n'avait pas rêvé.

Celle qui de toute évidence l'avait attiré jusqu'ici pour le forcer à revisiter le passé, se trouvait là, et le guettait. La mère d'un innocent emprisonné à cause de sa négligence. Une mère dont l'enfant s'était pendu la veille.

Il devait coûte que coûte lui confier la confession de son fils avant qu'elle le condamne. Il essaya de faire un pas, mais ses forces l'abandonnaient. Il s'avança en titubant, la vue troublée, le regard rivé à la grange. Puisant dans chacune de ses respirations qui résonnaient telle une forge mourante, il traversa le champ, arriva à l'angle du bâtiment.

Il s'y adossa, voulut appeler, mais seul un gémissement rauque sortit de sa gorge. Son sang palpitait avec lenteur, ensuqué dans un cauchemar dont il ne pouvait se réveiller. Il s'attendait à voir apparaître la bourgeoise blonde que lui avait décrit le directeur de la prison. Elle était peut-être armée, prête à l'achever, mais il ne vit personne. Et son étonnement prit une autre dimension, lorsque, suivant les traces de pneus qui menaient à l'intérieur de la grange, il découvrit la vieille américaine bleu turquoise de la photo.

« Qu'est-ce que c'est que cette histoire… balbutia-t-il. Ta mère magneuse de tuyaux de pipes. Coureuse de remparts. Crocheteuse de culottes ! Tourette sans tête… Idiot du village… Acarien d'avant-guerre… »

À bout de ressources, ayant épuisé sa réserve d'injures désuètes, il fit le tour de la bagnole, glissant pas-à-pas contre la carrosserie, puis il s'appuya au rebord du coffre entrouvert. Quel nouveau macchabée allait-il découvrir ? Il souleva le capot ; mais il n'y avait ni mannequin ni cadavre. Il ricana avec cynisme, cette scène de crime, bien sûr, depuis le début, c'était la sienne.

Ébloui par la puissance de son raisonnement, l'esprit et le corps groggy, il sentit une main qui le poussait doucement dans le noir.

11

La douleur lancinante de sa molaire infectée le réveilla. Paralysé par un sentiment d'impuissance, Tourette essaya de se relever, au moins de tourner la tête, de bouger ses membres. Mais, le souffle coupé, la bouche crispée, il ne put que se recroqueviller encore plus, prostré, les reins coincés contre une protubérance, les poignets liés dans le dos. La base du crâne endolorie, le visage aspiré par la matière souple et froide d'un sac en plastique, les traits plaqués, il ne distinguait rien de rien, mais une écœurante odeur d'essence irritait ses narines. Prisonnier de cette position torturée, il se relâcha, chercha à respirer plus calmement.

Depuis combien de temps se trouvait-il ankylosé, cassé en trois dans ce coffre ? L'avait-on oublié ? Ou plus vraisemblablement, abandonné ?

Une portière claqua. Il perçut des pas, on ouvrit le coffre. La fraîcheur envahit l'espace confiné. Il remua comme il le pouvait tandis qu'on lui ôtait doucement le sac.

– Vous voyez où tout ça nous a menés, votre petite histoire de flic, vos soi-disant remords…

Je vous l'ai dit commissaire, je l'ai vu dès le début : vous n'avez pas de cœur !

Épouvanté, les yeux troubles de moiteur, Tourette reconnaissait la voix, ne distinguait pas encore nettement le visage, mais refusait d'accepter l'évidence : c'était bien sa femme de ménage qui le considérait, avec calme, mais la haine dévorant ses traits. Une main tenait le coffre ouvert, l'autre était menaçante, armée d'une manivelle. Totalement déconcerté, il murmura comme un imbécile :

– Madame Rybak ?

– Kabir ! Madame Kabir !... Ça y est, le champion de Cluedo percute... Et ma salade de riz assaisonnée au sédatif, elle vous a plu ?

– Mais... ?

– Maintenant que vous m'avez vue, moi, je vous ai assez vu, assez entendu, assez attendu !

Elle lui remit de force l'épais sac en plastique noir sur la tête et le scotcha énergiquement autour du cou. Suffoquant, il la supplia. Sa théorie du sac qui se plaque inexorablement dans la bouche était exacte. Il se tut, essaya de se calmer pour économiser son oxygène, réduit à écouter cette mère brisée par le suicide de son fils.

– Je n'ai jamais cru une seconde à la culpabilité de mon garçon. Il était impulsif mais pas au point de tuer son amie. Lorsque j'ai compris qu'il ne m'avouerait jamais rien, à moi sa mère, j'ai pris la décision de tout faire pour qu'on réouvre l'enquête, à la recherche d'une erreur judiciaire. Votre erreur commissaire. Personne n'a voulu m'entendre, m'écouter même. Quant à vous, vous aviez l'air ailleurs à l'époque quand vous m'avez interrogée après son arrestation. La preuve, des années après, il a suffi que je me teigne en brune, que je change de coupe, ma façon de m'habiller, mon vocabulaire, mon accent… Au début, je faisais exprès de vous croiser dans votre quartier pour voir. Rien, pour un flic vous n'avez pas été foutu de me reconnaître.

La même chose pour ce salaud de Krikorian. Je n'ai jamais cru que sa photo prouvait la responsabilité de mon fils. Une mère sent ces choses-là. Mon fils est innocent. À cause de votre légèreté, il n'a pas survécu à la prison !…

Ce Krikorian, après le procès, je l'ai eu à l'œil, je ne l'ai pas lâché. J'ai assisté à sa fausse disparition quand il n'a plus remis les pieds à l'étang. J'aurais pu le dénoncer, mais j'avais un autre but. Avec mon nouveau visage, je lui rendais périodiquement visite pour lui vendre des vieux trucs de photo achetés sur Internet.

Mais Krikorian n'était pas bavard, je tournais en rond, j'avais le sentiment que tout ce que je faisais ne m'en apprendrait pas plus et ne libèrerait pas mon fils. Alors j'ai décidé d'essayer de convaincre le principal responsable à mes yeux : ce commissaire Tourette. Mais comment vous inciter à reprendre votre enquête bâclée ?

Je n'ai vécu que pour ça. À force de vous surveiller, de connaître vos petites habitudes de retraité, j'ai commencé à y croire. Dans un premier temps, j'ai cessé tout lien avec mon fils. Je me suis sacrifiée. J'ai coupé les ponts sans lui donner de raison. Vous vous rendez compte de la souffrance que ça représente ? Mais j'étais persuadée de lui faire du mal pour son bien, avec abnégation, dans l'espoir de sa libération !…

Vous avez tout réduit à néant, vous avez été en dessous de tout. Pourtant, j'avais fini par croire que je vous avais mis sur la bonne voie. Sachant mon fils désespéré de ne plus avoir de mes nouvelles, j'ai puisé dans ma colère contre moi-même pour enfoncer l'accélérateur, quand votre pauvre femme de ménage a traversé. Il faisait nuit, j'étais sûre de mon coup, mais je ne pensais pas que le choc serait aussi violent.

Encore un mal pour un bien… Auparavant, j'avais pris soin de remplacer toutes les recherches d'emploi du quartier par la mienne. Ça pouvait ne pas marcher, je m'étais dit que dans ce cas j'abandonnerais mes plans. Mais vous avez foncé tête baissée en voyant ma belle annonce dans votre boulangerie quotidienne. Un vieux célibataire comme vous. Je me doutais bien que le ménage serait un prétexte pour partager quelques moments avec une femme. Je me trompe ?… Vous êtes là commissaire ? Vous m'entendez toujours ? Vous êtes déjà mort ?…

Elle le fit remuer du bout de sa manivelle puis reprit.

– En découvrant votre intimité, jour après jour, je me suis adaptée. Je vous ai appris sur le bout des doigts. Vos petites manies, vos préférences, vos réactions prévisibles, vos coups de gueule, votre pitoyable passion de collectionneur. Pas très sorcier en vérité, chacun de nous se résume à peu de choses avec le temps. Et peu à peu, une stratégie s'est imposée d'elle-même : vous et Krikorian aviez la même marotte. Un puzzle s'est mis en place dans ma tête, exactement comme dans vos polars.

Comment vous pousser sur la piste de ce témoin ? Comment remettre en cause cette photo accusatrice ? Je me suis lancée, j'ai fait un stage de photographie, patiemment, attendant d'entrevoir une possibilité.

Je n'ai jamais été sûre de rien, mais gagnant votre confiance, dans chacune de nos discussions, je posais une petite graine qui un jour ferait germer un plan concret. Comme vous dans vos enquêtes, j'ai fini par rassembler tous les éléments : votre obsession pour la photographie, le Grand-Zinc, vos carnets de papier bleu, vos soi-disant hérons de bord de route, et votre si précieuse boîte de Banania. Je vous ai vu l'ouvrir tant de fois comme un gosse à Noël. Et voilà qu'un jour, dans une brocante, un type me vend une de ces boîtes, contenant selon lui des tirages ratés sortis des caves de la préfecture… L'idée me tombait toute cuite. À croire que le ciel me soutenait dans mon combat.

Des scènes de crimes me serviraient d'appât. Alors, comment faire pour qu'elles vous mènent à Krikorian et réveillent vos souvenirs ? Je devais vous titiller, émoustiller votre curiosité. Sachant que l'envie de reprendre le collier vous démangeait, j'ai inventé ce rébus mystérieux avec ces photos. L'enquête de mon fils réclamait une « seconde exposition ".

Tout est cohérent dans la vie, même dans la folie. J'ai fait confiance à cette concordance symbolique. Je me suis creusé la tête pour trouver les bonnes scènes de crime, les éléments à y insérer pour faire travailler vos neurones. J'y ai cru et vous avez couru. Ce sont mes recherches au musée de la police qui m'ont soufflé l'idée des mannequins. Dans la fenêtre de la chambre, j'ai remplacé la vue par le Paris d'aujourd'hui. Je ne savais pas si vous connaissiez ce musée, évocation parfaite de célèbres erreurs judiciaires. Le cas de la chambre, et celui de la forêt, reconstitués avec des mannequins, sont connus pour avoir condamné à mort des innocents. Ces deux photos ont bien semé une graine de culpabilité dans votre esprit. Le héron, je l'ai mis pour nourrir votre imaginaire. Et ce ponton, vous ne pouviez pas ne pas le reconnaître. L'américaine, je l'ai achetée sur e-bay. La plaque changée en double exposition, je l'ai prise sur l'ancienne estafette de Krikorian garée derrière chez lui. J'espérais qu'elle vous mène au mobil home, sa dernière adresse officielle. J'en avais fait mon labo pour truquer les photos. Cette nuit-là, je suis venue vous foutre la trouille pour que vous vous sentiez plus impliqué. La seconde boîte jaune vous y attendait, faussement cachée. Quant à la première, un jour que j'étais chez Krikorian, un brocanteur débarrassait des vieux cartons. Je les ai entendus parler du vide-grenier en bas de chez vous. J'ai glissé la boîte dans leur stock. C'est tout. Après ça, une affichette de votre bleu préféré au Grand-Zinc n'a pas manqué de vous attirer. Il n'y avait plus qu'à espérer qu'ils déballent cette belle boîte jaune…

Je n'avais plus qu'à vous regarder faire, vous écouter, vous aider mine de rien à réfléchir dans le bon sens. Mais… commissaire… je ne sais pas ce que vous avez raconté à mon fils pour qu'il abandonne… Pourtant j'étais convaincue que vous étiez certain de son innocence… Votre deuxième chance vous l'avez eue, votre double exposition est ratée, vous êtes flou, transparent, vous ne méritez plus d'exister. À présent, je me rappelle à quel point j'avais souhaité votre mort à l'époque.

Elle se tut enfin.

Le corps en chien de fusil, Tourette ne bougeait pas. Seul le sac vibrait doucement au niveau de l'ouverture de sa bouche, laissant deviner sa respiration étouffée. Madame Kabir jeta la manivelle, essuya ses mains à ses vêtements.

– Adieu commissaire Tourette, dit-elle d'une voix forte.

Le coffre claqua.

Terrorisé dans le noir, écrasé par ces révélations, il identifia le bruissement d'une bâche sur la carrosserie, suivi d'un silence, un très long silence, sans doute le dernier.

***

Plus aucune pensée ne le traversa. Pas la moindre réaction au fiasco de sa soi-disant enquête, dérisoire agitation de sa conscience. Une chaleur démesurée grignotait sa colonne vertébrale. Chaque battement de cœur prenait une dimension surnaturelle. Son horrible fin était injuste. Certes, il avait failli, autrefois, mais il avait voulu se racheter. Sa quête de la vérité était sincère…

Le plastique s'incrustait aux formes de son visage. Le scotch ne laissait passer le moindre filet d'air. Sa respiration chuintait comme un moteur à bout de forces, agonisant, irrégulier, de plus en plus ténu. La torpeur des calmants n'avait plus aucune influence sur son organisme, au contraire, l'adrénaline déferlait. En vain. Il inspirait, puis expirait, au sens propre. Ses poumons devenaient brûlants, s'atrophiaient. Deux vieilles éponges sales et tordues par la terreur.

Comme prévu, le plastique aspiré dans sa bouche ouverte écrasait sa langue, collant à son palais. Sur le point d'abandonner toute résistance à l'inéluctable, néanmoins, la petite mécanique de son cerveau se remit à ronronner, faiblement, mais déterminé à saisir une ultime pensée qui soit à la hauteur de son existence. Une seule chose lui vint :

« Je vais enfin rejoindre mon père. »

À la toute dernière seconde, alors que le sac moulait parfaitement sa gueule, obturant bientôt sa gorge, la douleur de sa dent se réveilla violemment. Il ne comprit pas tout de suite, mais sentit un infime glissement de fraîcheur contre sa gencive. La pointe aiguë de sa molaire fendue s'accrochait au plastique, perçant une microscopique, mais salvatrice ouverture.

« Un mal pour un bien… » songea-t-il.

Son instinct de survie prit les commandes. Sa langue repoussa le sac contre cette aspérité. Exsangue, il lutta en gémissant. L'instant s'éternisait. Enfin, l'air fétide du coffre s'engouffra en sifflant.

Rageusement, il trouva moyen de se tortiller, frottant son visage contre la paroi. En se cognant plusieurs fois contre le mécanisme de la serrure, le sac finit par se déchirer. Il respirait, il voyait. Ce miracle tenait au carnet de rendez-vous trop chargé d'un dentiste. Malgré ses bras liés dans le dos, roulant sur lui-même dans l'obscurité, il donna des coups de tête dans le support de l'accoudoir jusqu'à ce qu'il cède. Heureusement que Kabir avait choisi une américaine aux dimensions conséquentes. S'encourageant de râles victorieux, il plongea dans l'ouverture, força des deux épaules tel un bœuf sous le joug. Les dossiers s'inclinèrent suffisamment pour qu'il se faufile sur la banquette arrière. Une jambe restait coincée et il dut abandonner sa deuxième chaussure dans le coffre.

La bâche qui recouvrait l'américaine filtrait la lumière verdâtre. Le regard égaré, remuant maladroitement pour se remettre d'aplomb, le malheureux Tourette continuait de pousser des petits gémissements de bête traquée. Il mit un moment à forcer de son nez sur la poignée, puis la portière s'entrouvrit. Comme elle était retenue par la bâche, il dut encore se tordre pour s'extraire de la voiture. Enfin à terre, il rua longuement contre la carrosserie en criant pour se décharger du stress considérable qu'il venait de vivre.

Il pensait se trouver dans un garage, mais il était à l'extérieur. Étendu sur le dos, il contempla le ciel, les cimes droites de bouleaux au feuillage bruissant. Une fois rassuré, mais pas plus détendu, habité par la colère, l'envie de se venger, il se releva, les mains toujours attachées. Il comprit le sort qu'elle lui avait choisi : l'américaine était garée derrière un entassement de carcasses d'autos, au fond d'une casse à l'abandon envahie par la végétation. Ici, personne n'aurait jamais découvert son cadavre.

Où était la sortie de ce cimetière ? Kabir était venue avec la décapotable, elle avait dû repartir à pied. Il trouva ses empreintes sur le sol, les suivit dans un dédale de sentiers. Sans réfléchir, au lieu de chercher un moyen de se libérer, il s'élança sur le chemin qui s'enfonçait dans la forêt de bouleaux. Très vite, il aperçut une route après l'orée. Il se jeta comme un furieux dans le fossé qui l'en séparait, le gravit sans pouvoir s'aider de ses mains. Enfin debout, pieds nus sur l'asphalte, il hésita sur la direction à prendre. Son instinct le dirigea vers la lumière.

Les cheveux encore poisseux en bataille, ses vêtements lourds d'humidité, ignorant la douleur sous ses plantes de pieds, il commença à courir en petites foulées.

Le soleil tanguait en rythme au bout d'une ligne droite entre les arbres. À l'image de son existence qui se rapprochait de sa fin, il avait l'impression de faire un interminable sur-place.

Enfin, une silhouette se dessina au loin. Voyant que Kabir marchait d'un bon pas, la tête baissée, sans doute plongée dans ses pensées, il continua sans ralentir, silencieusement. Elle l'entendit au dernier moment. Il la percuta de toutes ses forces et roula avec elle sur le bas-côté en criant.

– Je n'y suis pour rien ! Moi aussi je suis innocent ! Alexandre est innocent ! Écoutez-moi ! Écoutez-moi !

Tétanisée par la surprise, elle tenta à peine de se dégager tandis qu'il l'écrasait de tout son poids pour pallier ses mains inutiles. Son corps épousait le sien des pieds aux épaules. Ses jambes emprisonnèrent ses genoux. Appuyé à la poitrine qui pressait la sienne, il cambra sa nuque et chercha son regard.

– Une lettre d'Alexandre ! Dans ma poche ! Dans ma poche !

L'intelligence de sa meurtrière était plus forte que sa haine ; elle ressentit tout de suite qu'il disait vrai. La tension hors du commun qui les reliait, et les opposait, s'évanouit en un clin d'œil. Sa main se glissa dans sa poche et sortit la lettre. Tourette se laissa rouler sur le côté.

Voilà, il n'avait plus qu'à attendre, tout serait fini dans une minute. Il demeura immobile, sans la regarder. Du coin de l'œil, il voyait ses mains levées au-dessus d'elle qui découvraient l'enveloppe. Elle restait allongée à côté de lui. Il n'y avait plus que le ciel, cette lettre, et leur couple improbable étendu au bord d'une petite route perdue.

Elle sortit les deux feuillets, tordus, mouillés, illisibles. Elle reconnut malgré tout l'écriture de son fils.

– Il vous a écrit à vous… dit-elle sans le regarder.

– Oui. Il avait honte de la vérité… *Sa* vérité. Il a toujours voulu vous épargner…

– Pourquoi… gémit-elle douloureusement.

– Sa vérité est si absurde, concéda Tourette. S'il avait parlé à l'époque, je ne sais pas si je l'aurais cru moi-même. Pire, il aurait semblé coupable d'un double meurtre…

Désespérée, elle se tourna vers lui, submergée par les larmes. Elle paraissait le supplier. Bouleversé, il entreprit de lui raconter précisément ce qu'il avait lu.

– Apolline, la seule victime connue jusqu'à aujourd'hui, n'était pas la petite amie de votre fils, mais sa meilleure amie. Elle, connaissait son secret : Alexandre était l'amant d'un camarade…

Il fit une pause, voulant être le plus doux possible dans ses révélations.

– Leur trio s'entendait bien, ils traînaient toujours ensemble. Apolline servait de caution aux deux garçons. C'est la première fois qu'ils venaient camper au bord du lac. Un endroit discret. Mais les choses ont pris une tournure inattendue. En dormant tous les trois sous la même tente, les jeunes se sont mélangés pendant la nuit. Alexandre en fut déstabilisé, pas son petit ami. La jalousie a fait son travail au cours du week-end.

La seconde nuit, votre fils a souffert sans rien dire. Le matin, quand il s'est isolé sur le ponton, Apolline est venue voir ce qui n'allait pas. Il s'est énervé. C'est à ce moment que la photo de Krikorian a été prise par hasard. Mais il n'a pas vu la suite, il faisait le tour du lac… L'autre garçon est venu pour les séparer. Alexandre s'est calmé mais il s'est laissé de nouveau déborder par la colère. Le trio s'est engueulé sur le ponton. Apolline a glissé. La nuque droit contre le sommet d'un pilier…

L'autre garçon est devenu fou. Ils se sont battus, et il est tombé à l'eau. Alexandre, dépassé, s'est enfui quelques minutes pour reprendre ses esprits. En revenant pour s'excuser, Apolline ne bougeait plus, et le corps de son ami flottait sur l'eau. Il ne savait pas nager, Alexandre l'ignorait. Il l'a tiré sur le bord, mais trop tard. Comme la plupart des gens dans une situation désespérée, il s'est mis à faire n'importe quoi. À cet instant, il paniquait principalement en craignant que tout le monde, et surtout sa mère, puisse découvrir qu'il était homosexuel.

Personne ne savait qu'ils étaient venus camper à trois. Il y avait des moellons près du ponton. Il les a attachés au corps de son amant avec du cordage. Quand Krikorian est arrivé, Alexandre a fait semblant de démonter la tente sans avoir vu que sa petite amie avait fait une chute mortelle. Mais la photo les montrait en train de battre… Et ce n'est que moi, tout à l'heure, qui ai découvert le cadavre coincé sous le ponton toutes ces années…

Tourette se tut, redoutant sa réaction.

Le long silence qui suivit ne fut troublé que par l'éclosion dans les cieux d'une murmuration. La nuée d'oiseaux, grand nuage mouvant, dessinait des volutes avec une parfaite cohésion et harmonie. Hypnotisés, ils admirèrent le phénomène. La forme se figeait, puis se disloquait pour en trouver une autre. La vision de cette vertigineuse beauté, très vague silhouette d'un cœur écrit dans le ciel, était l'image parfaite de leur état. Une fois atteint un seuil critique, tout comportement peut bifurquer, changer brutalement, passer à autre chose.

Alors seulement, Tourette s'autorisa à se tourner vers madame Kabir. Elle regarda à travers lui, longuement. Son visage était raviné par la tristesse, l'incompréhension. Une ombre chaude glissait sur ses traits, car au bout de la route le soleil déclinait.

Soudain, doucement, elle remua lentement vers lui et se blottit dans ses bras.

Retrouvez
le commissaire Tourette
et madame Rybak
dans un nouveau mystère :

Meurtres en Cuisine

disponible gratuitement en Bêta lecture
sur le site de l'auteur

Merci d'avoir choisi cette histoire.

Si vous avez acheté ce livre sur Amazon,
il est très important pour la visibilité de ce roman
de laisser un commentaire après votre lecture.

Amicalement,

Paul F. Husson

Prolongez votre lecture
en devenant membre
du Salon de Lecture.

Partagez vos critiques.

Restez informé :
dédicaces
futures sorties.

www.paulfrancoishusson.fr

Du même auteur

La Mort Est Dans l'Pré

(Polar rustique)

Première Lumière

(Thriller non-violent)

Froide comme laMort

(Thriller nordique)

Meurtres en Cuisine

(Thriller culinaire)

à paraître en mars 2023

Printed in Poland
by Amazon Fulfillment
Poland Sp. z o.o., Wrocław

11776634R00078